女は見えない

西村紗知

筑摩書房

女は見えない

目次

「丸サ進行」の基本的な話
問題は「ウェルメイド」性に対する解像度と、
具体的にアーティストそれぞれがこれにどう向き合っているかである
「ウェルメイド」性を技術的かつ内容的に最も切実に引き受けようとしているのは、
ずっと真夜中でいいのに。であるけれども
「ウェルメイド」性からの脱却へ向けて

5 「推せ」ない「萌え」ない愛子さま

最初に見た有名人
愛子さま成年の記者会見から
問題設定はすべて皇居にある？
象徴、非主体化、近代性
天皇的なもの、代替可能性と代替不可能性
これからの「責任」

装画　水野里奈
《外にない庭》
2016
キャンバスに油彩、ボールペン
181.8×227.3cm

ブックデザイン　鈴木成一デザイン室

「貨幣」と「娼婦」の話——まえがきにかえて

状況／「買手と売手」の関係

私の生活。好きな配信者の動画に、そっといいねボタンを押してから、ワードファイルに戻って自分の原稿を書く。社会人生活ももう長い。終業後には公私共に様々なメールが来る。それらに返信しつつ、それから再び少しずつ自分のことに頭を切り替えていく。コメント欄の人々は思い思いに、配信者に好意を伝えようとしている。筆者はメールで謝意を示す。

ここには批評が存在しない。一方通行のコミュニケーションが破綻しないという約束が、暗黙裡に交わされているからである。実態としてもそうである。筆者は批評を読まない人間と一緒に働き、今このパソコンの画面に映る、YouTubeのコメント欄にいるほとんどの人が批評を読んだことがないに違いない。これが私の生活、書くべきことが何もないという現実である。筆者は書くべきことが何もない現実をひとりで生きていると思う。ありもしない問題意識をでっち上げて書くくらいなら書くべきではないのかもしれない、と、このところ真剣に考えるようにはなった。

筆者のイメージする批評家像は第一に悪童であった。しかしその批評家像は誰よりも先にまず批評家たちが退けてしまって、周りを見渡すと、もう道徳教師か人柱しかいない。批評の基本的な機能は価値判断にある。既存の理論的な枠組みの運用にあるのであって、創作の意図を言い当てることでもなければファンの心の内を言語化することでもない。批評にあるのはその書き手にとっての問題だけだ。もちろん、社交や慣習の範疇で行われるべきものだろう。創作とファンの側に寄り添うタイプの批評ももちろんあるがそれだって批評の方法論のひとつに過ぎないと言えば過ぎない、はずである。もう、多くの文筆業者が批評家という肩書きを捨てることが半ば慣習化しているようにも見えるなか、批評というものにまつわる負のイメージを一手に引き受けることが残された批評家の主たる仕事となってしまった。そのわりに、批評家と名乗らない人間のほうが平気で批評をやってのけるような状況でもある(今現在この原稿を書いているときに、中田敦彦《なかたあつひこ》が松本人志《まつもとひとし》を「批評」したというネットニュースが流れてきた)。それはそれで、批評の(もちろん批評家の、ではなく)生存戦略という大局的な見地に立てば安易に否定もしがたいことだろうが、どうなのだろう。

自分の生活に意識を戻す。人々はまかり通る。多かれ少なかれ己の内面に変化を来《きた》しつつも、誰かの労働力を消費し続けるのをやめることがないのであり、同時にこの行いを通じて別の誰かとおおよそ同じ存在、つまりはまかり通ることを受け入れる存在であり続ける。自分の要求と、他ならぬ自分自身が同時にまかり通る。こういう場合労働力の消費という現実をぼやかすように、自分自身の内面が作用することもあるだろう。要求を無理に通せば多少の負い目は感じるのであり、不思議なことにこれに慣れてくると、負い目さえ感じていれば普通に要求が通る気がしてくる。疚《やま》しさ、負い目、苦しみを感じているからといって対象に何でも言っていいわけではないが配信者のコメント欄には少し過激なものも中には含まれる。何でも言っていいわけではないと心の奥底で噛み締めている人ほど、批評行為に越権的なものを感じやすいのかもしれない。このとき批評家は、これは誹謗中傷であると平然と吊し上げられうるだろうから、ファンという存在との和解の可能性を、ファンダムの語りと批評との類縁性、共通課題、根底に潜む業というのを意識しつつ、模索しないわけにはいかないはずなのであるが。対象への愛の希薄さは、その対象に対する客観性が担保されていることの証左には絶対になりえない。そして、仮に「赤スパ」を投げる行為自体と張り合うことになれば批評に勝ち目はないだろう。そういう課金行為の「全体」を記述し、その記述を残すよう努めるのが批評の責務だが、そういう技術をもってしても批評行為が「消費」ということから距離を取れたとするのは誤っている。

金を払って好きです、あるいはごめんなさいと言えばまかり通る、というのが今いる世界の基本原則のひとつだろう（批評家とは金をもらってなおかつまかり通る人々である）。度を過ぎないように調整する能力をもつことでそのまま善人になれる気がするけれども、実際のところはそれは幻想のはずである。波風立てないのが善人、ということもなかろう。消費することとまかり通ることがセットになっているのは、日々の労働の現場でも、労働時間外での人との関係（それは芸能人や何か架空の存在との関係も含む）でもまた、関係の親密度にかかわらずだいたいそうだと気付いて、筆者は労働の論理の根深さを思う。

まかり通ることを度が過ぎないように各人調整せよ、と言えばそれまでの話だ。だが、相手に対することでも、自分に対することでも、抑圧は必ず回帰してしまうことだろう。何かがいつも不均衡なままのはずである。誰しもいつだって、ままならない自分が一方的に受け入れられたい。

推しをもつ人は、その対象を欲してはいるが、現実において実際に対象と交遊したり、プラットフォーム上で占有したりしたいわけではない、ようにみえる。「同担」とのより良い人間関係の構築もまた楽しみのうちだからだ、というのが理由の一つかもしれないが、「推し活」は、「所有」を超えて、対象との純粋な関係を目指していくことだろう。愛の大きさの勝負だと、実のところ誰とも愛について争わなくて済むのである。純粋な関係とは、例えば、相手が供給する言葉だけで満ちた、透明な関係、「解釈一致」という言葉で示されるようなものである（もちろん、本来解釈というのはそうした異物性を排した営みではない）。

そうはいっても、具体的な所有の問題や、まかり通ることに関する軋轢を克服するのは、そう簡単にはいかないだろう。というのも、文化は、自分だけのものと決まったらいちいち蒸し返さない制度のことであり、産業において、自分のものは自分だけのものにはできず、両者は、「自分のもの」という所有の考えを前提としてしまったらどっちもどっちである。前者は自己愛に終始する。後者は、消費してもそれは私だけに固有の欲望でもないし、ひょっとしたらむしろ他人の欲望の模倣の結果に過ぎないのかもしれない、というニヒリズムに落ち着くだろう。

次のような疑問が筆者にはある。SNS、プラットフォーム上にはばかる人々が、対象の利益になることに率先して注力するのは、相手の労働力を消費することに負い目があるからではなく、私が「売手」として損をするわけではない、ということが動機として最も強くはたらいてはいないだろうか。純粋に対象の側にいたい気持ちこそすべてであって、本当は利益などどうでもいいのかもしれない。だが同時に、対象は営利目的でやっている、ということも理解しているはずである。

こういう疑問について考えるにあたり、「負い目とか個人的責務という感情」の起源について、ニーチェが「買手と売手、債権者と債務者の間の関係」に求めていることを確認しよう。これが個人の起源である。個人は関係から始まる。

負い目とか個人的責務という感情は、われわれの見たところによれば、その起源を存在するかぎりの最も古い最も原始的な個人関係のうちに、すなわち、買手と売手、債権者と債務者の間の関係のうちにもっている。ここで初めて個人が個人に対峙し、ここで初めて個人が個人に対比された。この関係がすでに多少でも認められないほどに低度な文明というものは、未だに見出されないのである。値を附ける、価値を量る、等価物を案出し、交換する——これらのことは、人間の最も原初的な思惟を先入主として支配しており、従ってある意味では思惟そのものになっているほどだ。

（ニーチェ著、木場深定訳『道徳の系譜 改版』岩波書店、一九六四年、七九頁）

筆者が着目したいのは、プラットフォームに流通する具体的な金額のことではない。「思惟そのもの」になっているがために、容易に気づきえない「買手と売手」の関係というのがあるのかもしれない、ということのほうである。これはつまるところ、容易に反転できない立場の組み合わせであったり、一方的には成立しえない関係のことでもある。個人が関係から始まる限りにおいて、この社会には「買手」がいないと成立しないアイデンティティーは存在する。妻と夫にしても、家政にまつわる労働力の売り買いを介した関係性である。

プラットフォームもまた、「思惟そのもの」であると言いたくなるようなところがある。「値を附ける、価値を量る、等価物を案出し、交換する」ような行いを、実際にそのとき金銭を支払わずとも、人々は実行し、人々のそういう行動履歴が機械学習を経て画面全体に出力されている。「買手と売手」の関係が思惟へと純化されているようだ。「買手と売手」の関係は、一方的には成立しえない関係の数々、とりわけ「支配—被支配」の相のもと生きる、主客の関係性の数々に変奏されていることだろう。

「買手と売手」の関係は、それぞれの項で人の入れ替わりはあるものの、関係の在り方としては反転不可能性を前提にしている。思うに我々はいま、「支配—被支配」フォビアの真っただ中に生きている。多くの人はその関係を見抜く目を失っており、目をもつ人であれ見た瞬間に憤慨し、関係の転覆を図ろうと計画立てて冷静になれる者はそれほど多くない。かつて、革命が信じられていた頃なら、多くの人に反転不可能性を見抜く力があったのかもしれないが、今はどうだろう。革命を信じていない筆者には不毛な状況がよく見える。筆者は「支配—被支配」の関係性こそ人間にとって本来的だなどと言いたいわけではない。この関係性が完全に撤廃されることに現実味がなく、常に息づいているに違いないと確信しているだけである。反転の可能性は常に希望に満ちたものに感じられるし、反転の可能性は良き社会の可能性であり、人々の願望の結集する先でもある。反転の可能性はほとんど何らかのフィクションのうちでしか具現化されえないものなのかもしれない。そういう可能性を解きほぐして現実のほうへ流出させることが、かつては批評による批判行為のなせる業であったはずだ。

自己保存によって、自己保存をするよう加工された己の人間性によって、かえって消耗するよう追いやられる状況、原初的な「買手と売手」の関係に立ち返って精神を磨耗させてしまうような状況、これを打開すること。いま批評が社会に役立つよう言葉を発することが可能なら、そういうふうにしてではないかと思う。

その対象は「娼婦」である

現実では多くの物事がまかり通る。人々は自分自身と自分の要求を通す。要求を通したことが原因で対象あるいは自分自身や近しい人間に対し負い目を感じるなら、それはやはり同時にかつ直接に支払いが発生していない場合のほうがより強いはずである。同時的かつ直接的な支払いが発生していない場合、そのとき金で解決できないもの、ひいてはかけがえのないものとして対象を感じることだろう。しかし人々は、そもそも、かけがえのないものであると感じているからこそ金を支払っているはずだ。ここにはたくさんの倒錯や幻想が、因果関係の取り違えがあるのだと思う。

加えて、今現在では、「買手と売手」の関係の区分けは複雑化し、領域をまたぐものでもあるだろう。プラットフォーム上では特に、役割はすぐに移り変わり重複する。何が、誰が商品であるかも曖昧だ。たとえば「実況者」という人々は、生産者ではなく、飽くまで消費者の代表に留まっていて、消費がそのまま商品制作に結び付く。動画制作自体は生産者のなせる業だが、その動画に写っているのは、「買手」の姿であってそれが商品の「売手」の姿に見えては興ざめで、実況者は結果的に自分自身の「売手」である。視聴者のコメントや二次創作から投影された自分自身の像の「買手」でもあるだろう（YouTubeを見ることは、娯楽ではなく無銭労働かもしれない。ひょっとすればほとんどのファン活動も）。プラットフォームからそれ自体の価値を独立させて受け取ることは難しい。コメント欄は商品の一部であり、視聴者という「買手」はそのまま商品価値を有する存在だ。視聴者の消費をただの消費で終わらせない配信者が人気を博す。彼らは商品の一部としてコメントを加工し取り込む力をもっている。

第一、価値があるということは、それ自体の価値のみを、いや、たったひとり私だけにとっての価値というのを独立させて受けとることが難しい、ということでもあったのだ。広告産業を動かしていくことがひとつの目的となる、そうしたプラットフォームを賑《にぎ》やかす存在の数々は、この現実に常に向き合っている、はずである。かつて誰かが欲したものであるか、そしてこれ以降も誰かが欲してくれるのか、がプラットフォームで働く人々の関心事であろう。この両方が、過去と未来の自分以外の欲望に立脚せざるをえない、ということが、自分自身で根拠付けられることが思いのほか少ないということが、不安の根源であり、なおかつ行動を促す契機であるように思える。

反転できるわけではないが、流動的、というより所在ない。実際には何が商品で、誰が「買手」で「売手」なのか自明ではない。こうした「両義性」がいくつもバッティングした現実は、かつてヴァルター・ベンヤミンがボードレールの詩を通じて「娼婦」という言葉を用いて考えようとしていたものに少しは似ているかもしれない。

> 両義性は、弁証法の形象化であって、静止状態にある弁証法の法則でもある。［……］商品そのもの、つまり物神としての商品が、

こうした形象である。家であるとともに道路でもあるパサージュも、こうした形象である。売り子と商品を一身に兼ねる娼婦も、こうした形象である。

（ヴァルター・ベンヤミン著、今村仁司ほか訳『パサージュ論（一）』岩波書店、二〇二〇年、四五頁）

「娼婦」は「売り子と商品を一身に兼ねる」。自身が徹底的に消費者であり、つまり消費財をふんだんに纏《まと》うことで、「商品そのもの」へと接近してもいるだろう。人間性すらもカッコつきの商品に変えうる人々だ（自分自身の人間性、だけではなく）。YouTubeというプラットフォームで、「買手と売手」を一身に兼ねる配信者たちはこの点「娼婦」に似た性質がある。そして、有限な客を取り合い、協力することでまた別のところから客を引き寄せ、このことを通じて界隈全体になんとか客を引き留めるだろう。

そうして「娼婦」は、まかり通ることの現実を忘却させるよう努めることだろう。自分のであれ、相手のであれ、まかり通る姿を消し去らねばならないだろう。まかり通ることは、それは飽くまで「買手」の、支配の側の身ぶりであるから。プラットフォームを訪れコメントを書き込む人々は、誰からも支配されずに自由に発言したいというより、所詮は「買手」に過ぎない、支配の側から降りる方法をもたない、そうした自分の姿を想像したくないのである。ここでは誰しも「売手」になりたがる。自分自身に、自分が率先して没入する対象に売れるべき価値があると思っている（それは幸福な経験だ）。価値を、「買手」が、消費するだけの側がつくりだせるならば、価値を創出しようとする「買手」である批評が、支配の側に居直るその姿が、今日ここまで嫌われることはないだろう。自分自身が弱き者でいられる幻想を供給できる「娼婦」が、今日では最も需要があるだろう。

「娼婦」は「貨幣」である／「貨幣」は我々である

そもそも、確固たる使用価値があるとも言いがたく、支払うことなく享受することも可能な対象は、それが営利目的なしにはそもそも存在しえなかったとしても「商品」なのだろうか。視聴者はコメントを書き込むなどなにか積極的な行動を起こそうものなら、対象の「買手」であって同時に「売手」だ。この役割の交代すらないモードは、支配―被支配のモードの撤廃ではない。ただ、負い目の心理に浸る隙を視聴者に与えないだけなのである。今まさに、筆者の目の前の画面に映っているのは、任天堂のゲーム画面と、VTuberの姿をした配信者と、それから脇にコメントがひとつずつ読めないほどにせわしなく流れていく、そうした映像だ。それでは、こうしてスパチャを投げるでもなし、コメントを書き込むわけでもなく、ただぼーっと、たまに画面の前で食事を摂り酒を飲むくらいで、すぐに他の自分の用事に移ってしまわないといけない、そういう人間にとって「価値」とは何か。

それ自体の閉じた価値体系をもたないなら（対象が価値をもっていないとは言えないし、閉じているのは価値体系ではなくコミュニティである）、それはもはや「商品」というより、「貨幣」と呼んだほうが適切なのではないか。人々の心理的作用並びに欲望の、始まりであり同時に結果でもある対象は、実際にそれで何かに交換できるというわけではないが、（いや、実際には「推し変」などで交換しているようなものなのかもしれない）、純粋な流通形式が具現化したものとして、ただ「静止状態」であるだけなのに永遠の命を宿したような姿をしている。ホロライブ所属の人気VTuberの姿を一人ひとりじっくり眺めていくと、彼女らの身体一つひとつが、好きなもの、見たいもの、こうだったら良いなと思われるものでできていて、それは文脈も度外視されて継ぎ接ぎだらけのはずだが、実際にその亀裂はどこにも見えず、過去と現在が、多くの人間たちの（ここには本人も含まれるであろう）欲望が、調和するものであるかのように止揚されている。「貨幣」においては、その価値の変動が望まれない限りにおいて、時間経過がない。もちろん永遠のように感じられて仕方がないのは対象ではない。貨幣経済、貨幣的なもの、こう言うのはとてもつまらないが結局のところは資本主義のことである。

さて、興味深いのは、あのマルクスが、そもそも貨幣が「娼婦」であるとしていることである。マルクスは『経済学・哲学草稿』第三草稿の「貨幣」の章で、ゲーテ『ファウスト』、シェイクスピア『アテネのタイモン』を引きつつ、その性格を素描している。

（1）貨幣は目に見える神であり、一切の人間的なまた自然的な諸属性をその反対のものへと変ずるものであり、諸事物の全般的な倒錯と転倒とである。それはできないことごとを兄弟のように親しくする。
（2）貨幣は一般的な娼婦であり、人間と諸国民との一般的な取りもち役である。

（マルクス著、城塚登・田中吉六訳『経済学・哲学草稿』岩波書店、一九六四年、一八三頁）

貨幣は持ち主に対し、順に、できないことをできるようにする能力を獲得させる。貨幣で人は自分の能力を補い、使える貨幣が多いほど能力を得る機会に恵まれ、元の自分からかけ離れたものとなれる可能性をもつ。そう考えると確かに、その人ではなくその人のもっている貨幣に目が眩む、という経験がなくとも、貨幣の力からは逃れられない。

そうした能力にまつわる「倒錯と転倒」を経て貨幣は、モノと人間に均質化を被《こうむ》るよう促す。貨幣は、反対物への転倒を可能にした上で、まったく異なるものを比較可能にする。貨幣はこれ自体が計算式のようになって、形式として常に介在する。だから、誰のものにもならない。目に見えないが、貨幣が機能するとき、人々は交換可能で等価であるということを経験していることだろう。

そして貨幣の能力とは、つまるところ、共同体組成の能力である。貨幣を通じて獲得した能力は限定的である。元々同じ貨幣をもっている他人がいなくては貨幣の所持者は生きていけない。そういうふうにして貨幣を介した人間相互の共同体が出来上がる。そして貨幣が流通するとき、交換されるものの価値をたった一人の人間でどうこうできず、常に他人の欲望が問題であるから、そこにも共同体が存在する。

貨幣のもとで人は私以上になれ、他人のようになれ、貨幣は人々を平均化し媒介する。こういうことは、実際の貨幣の所有量でいえば大変心もとない世代においては特に、対象を通じて経験されるのではないだろうか。

自分自身の能力の獲得と、平準化（される・する）と、共同体。これら三つの経験において重要なのは、価値があるから貨幣なのではなく、そこにあるのは欲望を基準にした交流なのだ、ということである。貨幣は、本当にそれ自体を私だけの目的のために一生涯かけて私が欲するもの、ではない（もちろん、実態として、おそらく貨幣と共にある生活は一生続く）。岩井《いわい》克人《かつひと》は、貨幣と欲望の関係を次のように説明している。

貨幣が貨幣として人から人へと手渡されていくのは、人々がそれをモノとして欲しいからではありません（国が命令しているからでもありません）。単に、貨幣として人から人へと手渡されていくからにすぎません。いや、「基本定理」が示したように、モノとしての貨幣のほうがそれと交換に手に入るモノよりも欲しいモノならば、だれも貨幣をほかの人に渡さず、自分でモノとして使います。そのとき、貨幣は貨幣でなくなってしまうのです。貨幣とは、すでに述べたように、よく言えば「天下の回りもの」ですが、悪く言えば、だれも手元には置きたくない「ババ抜き」ゲームの「ババ（ジョーカー）」にほかならないのです。

（丸山俊一＋NHK「欲望の資本主義」制作班『岩井克人「欲望の貨幣論」を語る』東洋経済新報社、二〇二〇年、四九―五〇頁）

まかり通ることの軋轢が減らされた、過去現在、自他が調和し変化がなく文脈もない、「静止状態」にあるプラットフォームは、それでもなお、欲望にまつわるジレンマで、本当は私のものであってはならない、さもなくば私にとっての価値すら危ぶまれてしまう、というようにして軋《きし》んでいる。それは永遠の似姿というより、永遠に続かざるをえない停滞と言うべきである。

「娼婦」は我々である

能力と性質を貨幣から調達し続けた結果、貨幣こそが我々に似ている、というところまで進展すれば、「諸事物の全般的な倒錯と転倒」の完成ではなかろうか。プラットフォームはさながら貨幣の見る夢のようだと思う。「推し」とファンは似るとは言うが、それぞれのディテールの性質において似ている、という程度問題ではなく、もう少し根本的なところで、最初から誰であっても似ているというようにして、それは歴史的必然として捉えるべき部分を含んでいるのではないか。

現に「娼婦」は我々自身だ、と考える方向性はすでにあった。先に引用したベンヤミンは、「娼婦」を我々だと言う。若い頃の手紙に次のようにある。「ぼくたちはみんな売春者だ。あるいはそう強いられているのだ。ぼくたちは文化の前では、物品もしくは物件にされている……ぼくたちは娼婦を尊重する。娼婦は、ぼくたち自身なのだ」（ヴァルター・ベンヤミン著、道籏泰三訳『来たるべき哲学のプログラム』、晶文社、一九九二年、四三頁）。経済状況に関し、現実の「娼婦」から自分たちの課題を取り出そうとする態度表明だ。ベンヤミンのいう「娼婦」は、その社会に生きる人間たちに共通した、物象化のアレゴリーである。性という最も内密なものが、私秘性を失い商品になった存在である。それは、エロスを介した、私的なものの克服というベンヤミン自身のブルジョア階級批判のプログラムでもあるだろう。

これは、宮台真司《みやだいしんじ》『制服少女たちの選択』にもどこか通じている。「歴史的な条件」こそがまずは問題であり、「仕方のないこと」と繰り返す宮台の仕草は、「人間の解放」を目指さんとする、この西欧マルクス主義者と不思議と心情が似かよってみえる。宮台の場合は団塊の親世代への批判に重点が置かれているが、階級闘争であり世代間闘争という明確な目的意識もまた類似しているように思う。

『制服少女たちの選択』は、応用的な社会学の仕事だが、調査対象である少女たちとの交流を通じてやがて彼女たちに己の実存を重ねていくようにして仮託していく、そういう実践は伝統的に批評というものが担ってきた仕事に接近している、というふうに筆者は理解している。対象に何かを仮託して語るのが批評という営みの常であったなら、そうやって実体なのか概念なのか曖昧な領域に根差しつつ語る行為自体がもう無効となりつつあるのなら、多少無理があっても宮台の仕事の中に含まれる「「娼婦」の話」の在り方を(「娼婦」に語らせる仕方を)、一旦見つめる必要があるかもしれない。

だが、もう何度もいろんな場所で宮台自身が自己批判しているように、調査対象である人々は後に病んでしまった。闘争は一旦終わった。テクストとして残された特殊な経験の記述は、筆者のような田舎者の当該問題の非当事者からすれば、読み取れないものが多い。

闘争をもう一度始めるために、例えば次のようなことを筆者は考える。「「娼婦」の話」と「「娼婦」が実際に理解している話」とはイコールではない(そして、この二つのズレゆえに闘争はかつて始まった、と)。「娼婦」はかつてを知らない。いや、「娼婦」が歴史的な文脈に身を置いていない、のではなく、歴史的な文脈に身を置かない、大局的な語りを主導しないという役割が、大抵いつも「娼婦」に割り振られてしまうのではないかと思う。まさに崩壊しつつある共同体で生きる人間は、わざわざこの共同体が崩壊しているなどとは考えないのであって、宮台のいう歴史的な条件を追体験できないはずである。対象が、歴史や共同体を、ある全体というのを概観する主体であれば、それはそもそも対象と見なされないのではないか、とも思う。宮台は、彼女たちは「都市においてこそ癒される」(宮台真司『制服少女たちの選択 After 10 Years』朝日文庫、二〇〇六年、一〇九頁)という。こういうとき、彼女らが共同体の崩壊をまさに経験していることになっているようにみえるのだが、郊外の人間が都市にいくのはそれこそ社会的条件に左右されるのであるし、そのときどきの偶然の巡り合わせに寄るものではないか、とも思う。価値を置きたいものにはしっかり意味をもたせる論述方法は、内容的には興味深くはあるがやはり恣意的ではある。もちろん、「そんなものは偶然だ」「別に癒されたわけではないだろう」「それはなんの証拠をもって」と反論するのもまた野暮なことではある。価値判断が忍ばされた言説を真に批判的に解体していくのは難しい。

今日、宮台の仕事を批判的に展開するとすれば、社会システム理論の応用による、「私秘的なものはもはやありえない」という姿勢から価値について考える姿勢についてだろう。宮台曰く、価値は落差により創出される、と。「彼女たち［現実の女子高生］のおおくはすでに性体験もあれば、社会人と恋愛もする。このような「あたりまえの現実」が、しかし「不自由」な制約が周囲にかもしだす「無害な観念性」との間に「落差」を生む」（前掲書、一四〇頁。［　］内は筆者）。そして、問題なのは、「あたりまえの現実」をそのまま受け止めず、無害なものとみなすべくまなざしを送るほうである、と。落差を生むまなざしの問題は、「推し」の問題圏とそれほど遠くない。「推し活」は対象との距離を肯定する。距離を肯定しつつ（つまりは関係を拒絶する方便をもちつつ）対象から力を得ることは、対象を加工し、精神的な力に転用できるということだ。落差により創出される価値の実態は、対象を加工し、捨象することにためらいがない人々のうちにあるだろう。彼らがためらうならば、それは唯一、現実的なものとの折り合いがつかなくなる可能性が噴出したときであるが、しかしそれはあくまで現実のほうからの異議申し立てではあるかもしれないがファン一人ひとりに内在する問題はそれとは区別されるものだろう。社会問題をそのまま個人の問題に代替することができるかは疑わしい。

さて、しかしながら一番問題なのは、今現在の「価値」について確信がなく(二三頁に「そういう人間にとって「価値」とは何か」と書いたが特に回答していない)、繰り返しになるが筆者が革命を信じていないことである。だから「「娼婦」は我々である」と、スローガンとして筆者は発信することができない。性差のことだけで言えば、ベンヤミン、宮台より当事者に近いであろうにもかかわらず。「「娼婦」が実際に理解している話」から「「娼婦」の話」をつくりだす方法を、彼らの仕事を参考にしつつも、最終的には自分自身で何とかせねばならない、ということでもある。

ただ、ここには私の生活がある。「出ていけばいい」のであればすでにここにはいないが、どこかに行きたいと思うこともなく、ここにいたいと思うこともない。資本主義の外部、別の現実などという軽々しいことも言えない。宮台は「ブルセラ女子高生たちは、誰も傷つかないはずだ」と言ったが、もはや「誰も傷つかない」とは誰にも言えない状況にある。
そういえば、マルクスの『経済学・哲学草稿』第三草稿の「貨幣」の章は、次のような記述で閉じられるのである。

もし君が相手の愛を呼びおこすことなく愛するなら、すなわち、もし君の愛が愛として相手の愛を生みださなければ、もし君が愛しつつある人間としての君の生命発現を通じて、自分を愛されている人間としないならば、そのとき君の愛は無力であり、一つの不幸である。

こういう「愛」を介した相手との直接的かつ相互に対等な関係が不可能となるから、「貨幣」はなくなるべきだ、と考えることが最も健康的だと思う。だがそうしたナイーブな態度を取れる根拠が筆者のうちのどこにも存在しない。それなら、「貨幣」の世界のなかで、もう少し具体的に、極めて素朴な意味で、相手を見てみようと思うことから始めなくてはならないのではないかと思った。

1

七海ななについて知っているいくつかのこと

映画館でみた彼女の姿を思い出すことから

思い出すことによって書かれる言葉には共時性がない。そこにあるべきは共時性を穿《うが》つ破壊力のほうだ。まずは、共時性の裂け目から何か批評を書いてみようと思った。

筆者はいま思い出そうとしている。ポレポレ東中野で、「梅雨の城定祭り2021」という、城定秀夫《じょうじょうひでお》監督作品を特集した企画で偶然見たピンク映画のことを。映画を見る能力が極端に低い筆者が、確かあの頃が一番酒量の厳しい時分であって、気が付いたら巨大な裸体の前に座していた、そんな体たらくであったのだが——思い出そうとしている——生活から逃れるべくやみくもに掴んだ藁《わら》が、そのまま私自身を生活へと突き返すべく撓《しな》うあの手触りを、そのスクリーンに映っていた七海《ななうみ》ななという女優の裸体のきめのことを。なぜそれが思い出されるのか、いかなる強度の経験だったのか。私の頭にその時に降ってきた想念について直接思い出すことができない。思い出せるのは、網膜に微《かす》かに残った、例えば婚約指輪の嵌《は》められた彼女の美しい指が自身の恥部に滑り込んでいくことだったり、走る姿が妙に可愛かったり、そんなささやかなことばかり。

そして今一度、辿ろうとしている。そうこうするうちに筆者は柄にもなく動画配信サービスを利用することで、彼女の姿を探し出そうとしている。同時に、彼女の裸体に私が経験したもののことをも、この機会に振り返りつつある。

また、まだまだ感得する途中であるのも、自覚しつつあった。私が個人的に触れてきた「批評」——この大半は男性によって生み出されたもののようだ——彼らが我々にもたらした見識と、私自身の諸々の、おおよそこの社会に生きるなかで経験した事柄との、その結節点となりうるのは、得てして、名もない瞬間の、その度ごとのほんのささやかな現れに過ぎないのだと。

だから、今から始まるこの一連の、「彼女ら」に捧げるアンソロジーは、私の、個人的に好きな女たちに対する世迷い事に過ぎなくとも、それでも、いやそのために一層批評を呼び覚ますだろう。

七海ななは元セクシー女優。二〇〇七―一一年にアリスJAPANとエスワンからDVDが出ていて、のちにピンク映画への出演などのタレント活動を展開。ツイッター（現・X）を見たら今は子育ての真っ最中。当時の出演作はすでに廃盤になっている。

童顔で丸顔、中肉中背、特に胸が大きいとか脚が長いとか、そういうこともなくなんだか体つきは地味、だからフェティッシュな感じがあまりしない。口元が特徴的。髪型は黒髪ストレート、たまにミディアムボブ、役柄によっては眼鏡をしている。

そんな具合に、筆者は彼女のことを、まず第一に容姿に関してうまく見ることができない。

《可愛い悪魔》（佐藤寿保監督、二〇一八年）で彼女は、弁護士事務所でアルバイトし法科大学院生の夫を支える、戸塚美穂という名の貞淑な妻だった。やがて弁護士・桑田と不倫関係になり、ある日、嫉妬に猛り狂った夫の一樹は弁護士の陰茎を切り落とす。その場にいた美穂はその蛮行を止めず、そこから不倫をやめることもなかった。この奇妙な傷害事件を調査したいと接近してきたルポライター・法月（彼女のストーカーのような存在だ）とも結局関係することになるが、彼女の、口数の少ない自己主張の薄い表現は、彼女にかかわってきた人間すべてを没落へと至らしめる。だが、なぜ彼女により周囲の人々が没落するのか、言語化することは難しいのであり、彼女自身が説明することはもっと難しい。美穂は「誰も私のことなんてわかっていない。自分のことばっかり」と言い、果てに「どうしてみんな私をいじめるの」と泣き叫ぶことしかできない。

見えないということ、それはまず第一に、その対象に有効な言葉を捉える側がもっていないということだ。この場合、外観を記述するための言葉に留まらず、関係を説明する言葉もまた問題となる。

ピンク映画における突発的な性交渉の数々もまた、ことに及ぶ当事者の言葉のなさゆえに始まるもののようにみえる。映画は不倫や不純異性交遊などの性に関するトラブルが連なって進行する。だが、そのトラブルにおいて一貫して責任の主体であり続けるような人間は、つまり、トラブルののちにどうしてあの時自分がそうしたのか、説明できる人間はいないように見える。彼女はそういう人間を滅ぼす。しかし主役である彼女もトラブルメーカーでこそあれ、責任の主体たりえない。彼女の演じる役柄は最も言葉を欠いているのであるし、彼女自身が語りだすことと彼女について語る必要性との両方がない場合、ピンク映画の享楽性は最も強くあらわれるのであろうから。

言葉を端に追いやることで成り立つ享楽性の真ん中に、彼女の存在がある。まだ、なぜ相手と関係したいかなどを語る言葉であれば、映画内部の登場人物たちにはあるのかもしれない。しかしそれは、局所的で限定的な言葉でしかないだろう。

彼女の性的なものの表現は、これが何かしらの過程を経て、周囲の環境に応じて発現する。のみならず、結局のところその過程に巻き込まれた周囲の側の何かを代弁するようなものでもある。見えないという事態を打開するなら、彼女の存在そのものに焦点を当てるのではなく、彼女の生きる世界全体との関係で彼女を捉える必要があることだろう。

そうして筆者は、「悪しき生のなかで良き生はありえない」という、前々から筆者を縛り続けるペシミスティックな命題を引き合いに出すことで、まさに見えないと思う筆者自身の言葉の問題のうちに、彼女の存在を捉えようとしている。これはTh・W・アドルノが書き残した命題。個々人の生き方を、その個人が直接かかわっていないものも含めて、社会の仕組みや、その他個人の生き方を規定するものの側から捉え直すよう促すものだ。この命題にもう少し踏み込めば、「悪しき生」を「狂った社会」と、あるいは後期資本主義と言い換えることもできるだろう。個人を絶えず社会とのつながりのうちに捉える視点は、「個人的なことは政治的なこと」という第二波フェミニズムのスローガンに似ているところもある。だがこの命題は他方で、個人と社会のつながりを、整合性をもたせるようにして語ることを禁じているようなところがある。「良き生」には、身近な、あるいは遠い異国の人々のことを思って、何か道徳的な行動を起こすことも含まれるのだろうが、それで社会全体がそう簡単には良くならないのを、私たちはすでに知っている。「良き生」は良き社会のために、などと言われているのを聞けば多くの人は抵抗感を覚えるだろう。社会の側に還元できるものとなった途端に、「良き生」は疑わしくなってしまう。

筆者が思うに、彼女のいる表現媒体は「悪しき生」の写し絵だった（それはほとんど城定秀夫監督の作品である）。確かに、それはピンク映画なのだから、人々が性道徳的に堕落しているのは当然のことだ。だが、その堕落からは汲みとるべきものがある。そこには、広く、社会や自分自身が置かれている状況のなかで、自分自身と相手のことを語るための言葉が存在しない。「悪しき生」の具体性がこうしたものである以上、映画ではなく現実生活においてもまたそうであると思うなら、彼女がどれほど性的に虐げられようと、映画を見ている人のうちの誰にも、彼女を憐れむ権利はない。

映画の中、人々は「良き生」へと、道徳的に正しい生き方へと返っていかない。《可愛い悪魔》の法月は、「どうしてみんな私をいじめるの」と泣き叫ぶ彼女を前にし、慰めることもなく彼女をいじめる者のひとりに成り下がるのである。彼らは傷つけ合うことをやめることができず、「良き生」を問題含みのものとみなす。しかし、そもそも「良き生」が一人ひとりの生き方を根拠付けるよう問題なく機能していれば、ああはならない。そうした人々だ。

彼女が望まないような性交渉の勃発は、関係の破綻だ。彼女は一方的に強奪される。しかし彼女は、奪われることで相手に与えようとし、その破綻した関係をもって自分自身に対する説明となすかのようである。きっとこのことは、彼女と画面越しに彼女を見ている人間との関係を説明するものでもあるだろう。それに、人と人との関係は、あらかじめ正しいものではないのである。大抵どこか不均衡で、誰かが不利益を被る。

さて、そんなことの中心で、彼女、七海ななが笑っているのが筆者の目に映る。どのような状況でも唯一はっきりと見えるのは、彼女の笑顔である。それは「良き生」を方向づけるものではないだろう。《可愛い悪魔》のラストシーン、陰茎を切り落とさんと剪定ばさみを手に取り笑う彼女。だがその笑顔はきっと、「こうでしかありえない生」の在処《ありか》であることだろう。

共同体の秩序の崩壊（カオス）から、自分自身を根拠付けることの不可能性が顔を覗かせる

人々の生はほの暗い。殺伐とした画面のなか、映画には死の気配が漂っている。《ケイコ先生の優雅な生活》（城定秀夫監督、二〇一二年）で生徒は自殺をほのめかし、《ハケン家庭教師の事件手帖》（城定秀夫監督、二〇一三年）では最初のシーンから、部屋のなかで人は流血している。

「ケイコ先生」で彼女は、誰とでも関係する人間だった。真面目でおとなし

い生徒・戸田に、彼は同じクラスの不良にけしかけられているだけだが、土下座して「やらせてください」と言われるところから、映画は始まる。戸田からの申し出は一度断ったものの、彼女は基本的にせがまれたら断れず、妻が臨月だという体育教師・上村と関係する。生徒はみんな教師の言うことを聞かなくなっていく。

《ハケン家庭教師》の冒頭、「なんであんなことになったのか、未だにわからないんです」と、取調室のなかで、七海演じる家庭教師・皆川弓子は自供する。映画のシーンは登場人物のそれぞれ主張の異なる自供の内容である。誰が自供するかで、弓子は奥手になったり、性的に奔放になったりする。弓子はこの家庭の父親である洋二、生徒である息子の太一を誘惑し、あるいは強姦される。

映画の暗さの要因は多々あるだろう。《ケイコ先生》ではいじめの描写のどぎつさ。戸田はクラスの不良からパシリにされても、下半身を無理矢理露出させられても、注意しにきた体育教師・上村に「ふざけてただけ」だと言い、「男ならしゃきっとしろ」と逆に怒られてしまう。戸田には常に表情がない。それは大人に対する説明する気のなさ、アパシーである。《ハケン家庭教師》では家庭環境の不和。住居にはいつも弓子と太一の二人きりで、太一の両親である安子と洋次は話が合わず険悪である。太一を一方的に弓子に委ねたこの両親の責任は誰にも問われない。

学校、家庭という社会に蔓延《はびこ》る抑圧はそのままエロスの装置になっている。抑圧はそのまま彼女のほうへ作用していく。彼女は「ヴァルネラビリティ」の人だ。いじめられているとき、強姦されるときの絶叫には、堪えるものがある。仮に彼女自身が暴力を受けなくても、彼女のいる場所は暴力の場となっていく。彼女は暴力を誘発する装置となってしまう。

誰でも彼女の身体にアクセスしていくから、教室であれ家庭であれ、秩序は崩壊する。彼女の性的な奔放さは、彼女に関係し続けたい人間から、関係する側の特権性の維持に支障を来《きた》すがために、非難される。このとき彼女は物のような扱いを受けていることになるだろう。彼女は確かに非難され続けるが、それは彼女の人格に対する、性道徳そのものの非難にはなっていないように見える。特に《ケイコ先生》で生徒と教師の上下関係が崩壊することからわかるのだが、彼女の存在を介し人々は平等となる。教師への不満を言うための道具とした以上、誰も彼女自身を非難することはできない。

そして、そもそも彼らの性愛には根拠がない。誰も「愛」を知らない。自分の考えや行動を根拠付けるものをもっておらず、一時的な衝動の交感以外には何もない。そういうふうにして、人々は言葉をもたない。彼女に対し、その場その場で、関係を、身体を、時間を、消費してしまうだけだ。いや、「愛」を知らないというより、ほとんど強姦するように浮気した挙句「だって最近先生冷たかったから」と逃げるように帰る体育教師も、彼氏を寝取られたといいケイコ先生に詰め寄るギャルの女子高生も、ケイコ先生に恋しつつ彼女が誰とでも寝ると知って悩む戸田も、「愛を知らない」ことを自覚してすらいない。愛を喪失していること（冷たくされた、彼氏を寝取られた、自分だけの愛ではなかった）を、彼女に訴えることしかできない。しかもその方法は（もちろんこれがピンク映画であるからなのだが）、性的な暴力、あるいは、暴力的な性、でしかない。

自分自身に対しなにか根拠付けることの不可能性と、特権性が毀損されたがための秩序の崩壊とで、彼女の周りの人々はフラットな関係へと放たれている。いや、フラットではなくカオスだ。つまり無差別かつ全方向的な関係が不特定に乱立した状態。これは、原因と結果、出来事の因果関係の破綻のことでもある。突発的に始まる性交は、彼女を原因とするのか、それとも社会の側の抑圧の結果なのか、うまく捉えることができない。

カオスが出現する。人々は、彼女の存在を介して、互いに同じ位相に置かれる。それは人々のアイデンティティーの危機にもつながる。秩序が崩壊すれば、多かれ少なかれ、人々は自分が自分でいられなくなることだろう。だからこそ人々は、自分自身の存在の危機のために、彼女を非難せざるをえない。それは彼女のための非難にはなりえない。

重要なのは、こうした要因から人々がほの暗く生を育むなか、彼女自身が見えなくなっていくことだ。ケイコ先生は「でもね、あの人たち、私のこと求めてくれる」と言い、他人の存在の起点であるところの自分ばかり捉え、彼女はこうして、他人と関係すればするほど自分自身を透明なものとして受け入れることとなる。象徴的だが、奇《く》しくも《ハケン家庭教師》では小笠原家の両親は手にした凶器で彼女の身体に傷をつけることができなかったのであり、《ケイコ先生》は「しかし先生がどこにいるかはまだ知らなかった」という『こころ』からの一節を、彼女のいなくなった教室で、現国の授業中に戸田が教科書を読んでいるシーンで閉じられるのである。

他にも重要なのは、カオスはこれ自体では新たな関係構築ではないということだ。関係構築のためには、新たに相互承認を結ばねばならない。取調室で事情聴取されている人々の関係が破綻しているのはもとより、教室にいる人々もまた、彼女を追放しないと、カオスに蓋をしないと、再び共同体として生きていくのは難しいのである。

だが、カオスの母胎となるのは彼女らを囲む環境のほうである。「学校」「家族」は責任の所在としてはもはやあまり機能しない。他方彼女も責任の所在とはなりえないだろう。彼女が主体的に学校や家庭を攪乱するのではない。そして、カオスの出現ののち、実は結果的には何も変わらない。《ハケン家庭教師》において彼女の赴いた家庭、小笠原家は離散するわけではない。《ケイコ先生》でも、戸田に対するクラスメイトからのいじめはなくならない。すでにして起こっている攪乱を、彼女が具現化してしまうだけのことだったから。

そんな彼女が笑うとき、そこが地獄ということだ。根拠付けの不可能性に突き当たったとき、崩れ去った秩序を前にしたとき、人は笑うしかない。だが、ずっと鬱々としていた戸田が笑うのは、彼女と一緒にお金も払わずにホテルから急いで脱走した、あの時だけだった。

自分自身の根拠付けには「住居」が必要ではないか

ジュディス・バトラーの場合

《ケイコ先生の優雅な生活》と《ハケン家庭教師の事件手帖》は、自分の考えや行動を説明できない人々の物語である。共同体の秩序の崩壊は特権性の構造の破綻である。人々は愛を捧げるものではなく自分に属する特権性のことだと思っている。

彼女が見えないのは、複数の要因による。彼女自身が言葉を持っていないこと、自分自身について言葉を発するとしても、人々の行動の起点としての自分のことしか語っていないこと、そして周りの人物もまた彼女について語ることはできないこと、など。彼女の周りの登場人物が彼女について語るなら、その人物が彼女にしたことを認める過程が必要である。そこにはさらに彼女について語る人物自身の、自分自身への説明が含まれることだろう。映画の中のそれぞれの共同体の崩壊は、人々の自分自身と他人とを語る言葉のなさが連鎖した結果としてである。

さて、崩壊したままの共同体の内部では、人々はより良く生きていくことはできない。関係構築が必要であり、関係構築にあまり依《よ》らないかたちでの自分自身の根拠付けもまた必要である。先にみた二つのピンク映画が映し出す「悪しき生」の具体性においては、関係構築と根拠付けという二つの点がなし崩しになっている。人々は、彼女に関係を破壊されるままとなるか、彼女を追い出すか、いずれかを選択するしかない。そもそも、言葉があれば、責任の主体であれば、彼女を暴力を誘発する装置にしてしまうことはないのかもしれないのに。

だが、関係構築に依らずに自分自身を根拠付けることには多数の困難が付きまとう。このことにジュディス・バトラーは『自分自身を説明すること』において一つずつ取り組んでいる。誰しも、抑圧と、例えば「普遍」「社会的規範」「権力」といったものと何のかかわりもないまま生きていくことはできないという問題設定の中で、バトラーは、主体形成の根本にかかわる、他者との相互の関係構築について考察する。
例えば次のような意見が提出されている。

私はあなたへの呼びかけにおいてしか存在しないとすれば、私そのものである「私」はこの「あなた」なしでは何者でもなく、他者への関係の外側では、自分自身への言及を始めることすらできないことになる。そして、この自己言及の能力は、他者への関係によって生まれるのである。私はぬかるみに足を取られ、委ねられており、「依存」という言葉さえここでその役目を果たすことができない。これが意味するのは、私は私の自己形成に先立ち、それを可能にするような仕方で形成される、ということだ。そして、この特殊な他動詞性について語ることは——不可能ではないにせよ——困難である。

（ジュディス・バトラー著、佐藤嘉幸・清水知子訳
『自分自身を説明すること』月曜社、二〇〇八年、一四八—一四九頁）

「自己言及の能力は、他者への関係によって生まれる」という出発点は、筆者には直観的になかなか厳しいものに感じられる。《可愛い悪魔》、《ケイコ先生の優雅な生活》そして《ハケン家庭教師の事件手帖》の三つの映画を見ての実感に基づいてもそうだが、日々の生活（SNS）に目を向けても、あまり変わらないだろう。

特にマジョリティーとマイノリティーという見立てのなかでは、ここ一〇年で、「私」が他者（というより敵と言ったほうが適切かもしれない）に対し、自分がどういう人間かと説明したり、他者と共存する方向を模索したりすることは、もうほとんど不可能なことになったように思える。「私」が自分をどのように認識するか、どういった行動をするかが、社会、何かしらの権力、マジョリティーにより先んじて決定されてしまうのだと、警戒することは可能だ。しかし、そうやって「私」以外のものへの警戒という手順に偏って認識された「私」は、本当に「私」なのか。「私」の説明はそのとき、社会の構造に対する説明や、場合によっては人からのレッテル貼りに依存し過ぎてしまうことだろう。それはあまりに行き過ぎると、自分自身の行動や判断の正しさのために他者が必要だ、という倒錯を引き起こすことすらないだろうか。それにこの社会においては「私」が直接関与しない人間のほうが実際には圧倒的に多いのであるが、そういう、マジョリティーとマイノリティーという見立てを適用する行為の外に存在する人間に対しどのように応答し、接していくのか。何も関係ない人々を、別の他者との闘争の磁場に、その度ごとに承諾を得るわけにはいかないだろうに、引き入れてよいのか。

自分自身を語る言葉のなさは共同体の秩序の崩壊を招き、人々は一層生きづらくなっていく。ピンク映画ではない私たちの日常でも、事態はそれほど変わらないだろう。

「悪しき生のなかで良き生はありえない」ことと「住居」

自己言及は、他者との関係に依るしかないのだろうか。これはまた一歩、関係の破綻へと、暴力の誘発へと歩みを進めることにはならないだろうか。これに至らないための方法について、どうやって考えたらよいだろうか。

他者から加えられた傷や何らかの加害経験と、そこからの主体形成について、いくつも例を出して反復するようにしてバトラーは考え続ける。この方向性は、傷や加害経験をある種の宿命として位置付けてしまう可能性を免れないことだろう。だからこそスリリングであり勇敢だ。バトラーはラプランシュ、レヴィナス、フーコーといった思想家の仕事を参照することで、自分自身の根拠付けと、他者に対する応答責任の可能性について議論を発展させていく。

そのうちの重要なリソースのひとつが、主に『道徳哲学講義』での、アドルノの発言である。

彼にとって、悪しき生のなかでいかに良き生を生きるか、世界が貧しく組織されているなかでいかに主体的な仕方で良き生に固執するか、という問いは、道徳的価値はその条件、帰結と切り離して考えることができない、ということを別の仕方で主張することでしかない。彼は述べている。「今日なお道徳と呼ばれうるものがあるとすれば、それは世界をどのように組織するかという問題へと移っています。正しい生の探求は正しい政治の探求である、と言うこともできるでしょう。ただし、こうした正しい政治が、今日そもそも実現可能な領域にあるとすればですが」。

（前掲書、二四三頁）

引用されたこの発言は、『道徳哲学講義』最後の講義である第一七講義の締めの一言だ。「悪しき生のなかでいかに良き生を生きるか」は、大本を辿れば、著者自身のアメリカへの亡命生活での様々な出来事をモティーフにした哲学的エッセイ集『ミニマ・モラリア』（執筆期間は一九四四〜四七年）にある「悪しき生のなかで良き生はありえない Es gibt kein richtiges Leben im falschen.」という一文が元となっている。繰り返しの説明になるが、これは個人の生き方を社会との関連で捉えつつ、同時に、社会の側に還元しないようにして考えるよう促す命題だ。

バトラーは、マジョリティーがマイノリティーを抑圧する方向に働く「倫理的暴力」を、告発する方向性に自らの思索を進めていったのだった。倫理的暴力、それは社会の構造により引き起こされるもののことである。特に承諾を求められることもないままに、マイノリティーがマジョリティーに合わせて生きねばならないという事態のうちにそれは生じている。

バトラーの仕事はアドルノの問題意識を真摯に引き継ぐものだが、もともとこの一文が元の文脈ではどのようにして言われているか確認しよう。なお、以下の訳文では、「社会全体が狂っているときに正しい生活というものはあり得ないのである」と訳されている。

今日消費財は潜在的にきわめて豊富になってきているので、それを制限するような原則にしがみつく権利はなんぴとにも与えられていない、その意味では私有財産ももはや個人のものとは言えない。しかしその反面ではある程度の財産を持っていなければ結局所有関係の盲目的な存続にプラスする依存と困窮の状態に自ら陥るわけで、その意味では財産を持つことも必要である。〔……〕このパラドックスの正命題の方は、物を大切にしない破壊的な態度に通じ、ひいてはそれが人間同士の関係にはね返ってくることが目に見えているし、反対命題の方は、それを口にした瞬間に、良心に疚しさを覚えながらも自分の財産の保全にあくせくしている連中を益するイデオロギーになってしまうのだ。社会全体が狂っているときに正しい生活というものはあり得ないのである（筆者補足―― Es gibt kein richtiges Leben im falschen.)。

（Th・W・アドルノ著、三光長治訳『ミニマ・モラリア』法政大学出版局、一九七九年、四二頁）

つまり、「悪しき生のなかで良き生はありえない」とは、私有財産にまつわる困難さに言及するうちに生まれた一文なのである。「悪しき生」の中で人は、財産を持つことも持たないこともどこか立ち行かないのであり、財産にまつわるジレンマは、人間同士の関係やイデオロギーにつながっている。

確かに、お金さえあれば何でも手に入る社会では、「私」だけが持っているものを、本当にそうであると証明することは難しい。このことによって第一に、人はお金で入手できないものに「私」の説明根拠を求めていくようにもなるだろうが、同時に、お金によって手に入るもので、「私」の根拠付けを敢えて試みる可能性も残されているようにも思える。「悪しき生」の只中で人は、財産という物質的規定、またはこれが親族や近しい人から与えられたものであるなら共同体による規定もまた、「私」への説明にとって重要だったと理解していくことだろう。

1

バトラーが参照したところのアドルノのそもそもの方法は、まずは物質的規定を把握し、次に物質的規定と人間の精神状況の関係を問うという、両面作戦だった。人間同士の承認の問題から政治を考えるというバトラーの戦略からは、見た目上は、物質的規定への視点が抜け落ちている。

決定的に、あるものをバトラーはアドルノから直接引き継がなかった。それは、「住居」である。

アドルノは「悪しき生」について考えるにあたり住居を具体例にしていた。「悪しき生のなかで良き生はありえない」で締められるこの断章は、「今日私生活がどんな状態に置かれているかは、その営みの場である住居が如実にしめしている通りだ。実のところ、住める場所ではなくなってきているのである」（前掲書、四〇頁）と始まるのである。

大塚英志の「住居」考から

住居という財産はただの物質ではない。住居には、人々のそれまでの生き方が反映されている。住居の中で生きていくうちに、人は、その共同体の慣習や伝統を、知らず知らずのうちに身に付けることにもなるだろう。

住居は「私」が生きる世界とのかすがいのようなものだ。バトラーが一旦自著では取り外したこの物質的規定を考慮に入れ直すことで、人々の、自分自身への説明を、共同体の秩序の崩壊に至らない方法を、考えることができるのではないか。だがその際アドルノが下した「住める場所ではなくなってきている」という診断も忘れるわけにはいかない。

さて、それで必要となってくるのは物質的規定の具体性、つまりは「住める場所ではない」という状況も含めた「住居」の変容を捉えつつ、現実を掘り下げる手続きなのである。それは、目の前にある共同体の現実を、崩壊したかのように見えるそれであっても、そこから出発して考えること、言い換えればすでにそれが「住居」と相互作用的に変容を被ったのちの姿であると、考えることだ。

考えや行動を根拠付けて説明することについて、また少し別の文脈になるが今度は大塚英志《おおつかえいじ》の仕事を参照しよう。大塚は「戦後民主主義」というパラダイムのなかで、批判が機能するための根拠について考え続けていた論客のうちのひとりだ。その根拠は大塚の批評のためのものとは限らない。根拠という言葉は例えば「内省する足場」(大塚英志「教科書批判が隠蔽するもの——援助交際と歴史からの逃走」『Ronza』三(六)、朝日新聞社、一九九七年、三三頁)とも言い換えがきくように思える。このとき根拠とは、このパラダイムのうちで生きる人々一人ひとりの、生きていく上での指針のことでもあった。

筆者が住居という具体例に固執したい理由は、大塚によるこの一連の「戦後民主主義批評」の流れのうちに、「「食卓のある家」への屈託」という「住居」について考える論考が存在するから、というのもある。ここで大塚は、宮﨑勤《みやざきつとむ》事件の精神鑑定書に対して抱いた違和感から、「家(住居)」と「家族」の問題に入っていく。

家族の欠損が社会を揺るがした事件の背景にあり、その欠損を食卓という可視の風景に見出す。こういった思考の所在が実は「建築」が「家族像」をグランドデザインしうるという建築家たちの傲慢がつけ入る隙を産んでいるのは言うまでもない。だが一体「家」が「家族」の理想型を体現しなくてはならないという根拠は何なのか、そもそも「家」は一体いつから「家族」の容れ物とされなくてはならなくなったのか。ただ無批判に「家」と「家族」は結びつけられている。

（大塚英志「「食卓のある家」への屈託」
『10＋1』一八号、ＩＮＡＸ出版、一九九九年、一五五頁）

大塚の論考を概観しよう。

大塚ははじめに、宮崎勤の精神鑑定書の一節にある「食事は一家団欒の基本である」という価値観から、家族の欠損を食卓の在り方に見て取る思考法を疑う。そこから「家」と「家族」の屈託した結び付きを、保守系思想の系譜に位置付けられる知識人の生き方を事例にとり、振り返ることをこの論考全体で行う。

大塚がまとめるところによると、柳田國男《やなぎたくにお》は「むしろ分断された「家」の小ささにあわせて婚姻制度、つまり家族の形態そのものを変えるべきだ、と考える」（一五六頁）。また柳田が「本と長男とそれから弟子のための「宿泊施設つき書庫」」（一五七頁）を建てたことに大塚は着目する。次に大塚は、折口《おりくち》信夫《しのぶ》については、妻を持たず弟子を養子として迎え入れて、女という血縁を可能とする存在を家から排除したことに着目する。そして三島由紀夫《みしまゆきお》の場合、その邸宅に、三島が建築家に発注するにあたって「植民地」「クレオール」風であることにこだわっていたことを、資料から読み解く。大塚は折口と三島の二人を重ね合わせて、「「血」や「家族」は「伝統」の根拠たりえない」（二五九頁）と導き出す。

大塚はその事例の最後に江藤淳《えとうじゅん》の『成熟と喪失』『一族再会』を選び、江藤が描き出した「近代」をめぐって「母」が崩壊するという現実について触れ、「家族」の困難さの具体性を示す。

こうして大塚は、これらの事例を列挙することで、次のように結論づける。

これまで見てきた「家」を建てることにある種の屈託を抱えた人々は自分たちの主体を「仮構」のもの、「無根拠」のものとして、その一点にかろうじての意味を見出そうとしていた点で一致している。しかもそれは国民国家としての「日本」やそれを支える「家族」の根源的な拒絶であるにもかかわらずだ。彼らは一方で「天皇」や「伝統」や「日本」の形成に政治的、文学的に関与しながら、しかし、同時にその「仮構」性を彼らが生きた「家」や「家族」に痕跡として残しているのである。

（前掲書、一六〇―一六一頁）

こうして大塚は、「家（住居）」と「家族」のつながり方が、保守論客それぞれだったことを列挙することで屈託がどのようだったかを示すのだったが、それでは具体的に、個人が「家（住居）」と「家族」のその不確かなつながりの中で、どうやって生きていくことが可能なのか、この問いは読者に問いかけるかたちで開かれたままとなっている。

開かれたままとはいえ、方向性は示されている。彼ら保守論客は、住居という物質的規定を受け（柳田の場合、住居に合わせて家族形態を変えること）、世間とは異なるような生き方の家族を考え（折口の場合、血縁に依らない関係でもって家族となること）、実践したのだ、と。そしてこの実践を通して、あくまで逆説的なかたちで、個人が生きていくには、「住居」と「家族」が不可分になっている必要があると、彼らは示したことになるのではないか。

それは、「住居」と「家族」が外部の者によっては結び付けられるものではない、ということでもあるのではないか。筆者は「住居」という物質的規定を設けないかたちでは、人は「家族」をやっていくのは困難である、と踏み込んでみたい。やはり、「家族」の一員というかたちに代表される（それは歴史や国家のなかに自分自身を位置付けるのでもよいのかもしれないが）共同体から、自分自身を規定するという方向性を排除することは難しい。柳田らが見出した「かろうじての意味」とは、「悪しき生」の中でギリギリのところで自分自身の根拠付けが成立した、きわめて個別的なものだ。

さて、これから確認する《人妻》（城定秀夫監督、二〇一三年）のDVDのジャケットには「女に必要なのは愛か？　いいえ、孤独です――」とある。うまく見えない彼女と、そして私たちにとって大切なのは、バトラーのいう「他者への関係によって生まれる」「自己言及の能力」、よりも、孤独、自分自身であることを、住居のなかで遂行することだ。

「住居」は汚れとなり、汚され、「家族」は乗り越えられていく

《人妻》と《舐める女》（城定秀夫監督、二〇一六年）は、住居を中心に進展する物語だ。ここでの住居には、夫婦の私的空間であり、また家族像を夫婦に押し付けるという点では公的空間でもあるという二重の性格がある。住居で複数の人間関係が交錯していき、彼女はより良く生きるようになる。奇しくもその住居は加害経験と主体形成の場である。しかしより良く生きるようになるといっても、それは道徳的に正しく生きるようになることでもなければ、《人妻》においては夫婦仲が改善されることとも違っている。

この二つの映画は、《人妻》のほうは特に必ずしもハッピーエンドとは言えないものだが、《可愛い悪魔》、《ケイコ先生の優雅な生活》、《ハケン家庭教師の事件手帖》に比べ見終わったあとに爽快感がある。共同体が破綻せず、個人がそのなかでその個人として生きていくようになるからだ。住居は、そ

れまでの他人の生き方に沿って生きるよう要請するものである以上倫理的暴力の発生源となりうるが、彼女の演じる人物は、住居を自分自身への説明の始点として、「私」の側にぐっと引き寄せる。

《人妻》と《舐める女》において、七海は「家」の不可能性（家庭、家政）を生き、彼女の生活する「問題のある家屋」（不釣り合いな古民家や工場の廃墟）がまさに、彼女に生き生きとした生（性）をもたらしていく。ここでも、彼女が笑うとき、それは人々に幸福をもたらすというよりかは地獄の入り口を示しているのであり、平穏無事なものが揺り動かされていく。

《人妻》で彼女は、病気がちな人妻だった。工場地帯をのぞむ、古風な、夫と二人で暮らすには少し大きすぎる一軒家に彼女は住んでいる。夫はどこかで浮気をしているらしい。洗濯物を干していると、近所の男子高校生が挨拶してくれる。彼は同級生と思しき女子と楽しそうに学校へ向かっていった。地味なグレーの服を着て、彼女は、おもむろに出かける。遠くに銀色に鈍く光る工場地帯を右手に、土手沿いを歩いて、廃墟となった工場に向かう。そこにヤンキーのカップルがバイクでやってきて、大声を上げながらセックスする。二人は薬物を摂取している。そんな彼らを盗み見て、彼女は自慰行為にふける。だが少しでも興奮すると、喘息の発作が起きてしまう。

そんなふうにして、彼女は常に家庭からも社会からも疎外されてしまっている。古風な一軒家と廃墟となった工場とを往復することで、かろうじて自分自身を保っている。

ある日、血のついた包丁を持った工員の男が一軒家のガラスを割って入ってくる。だがやがて、彼女はこの男を一軒家に匿《かくま》うようになる。男は彼女と夫との生活を、屋根裏部屋で見張る人間になる。最初こそ彼女を見張っていたが、次第に、衣食住を彼女に世話されることを通じて、彼女にとってかけがえのない存在となる。

彼女は健康を取り戻しはじめる。その一方で、男はいつまでこの奇妙な生活が続くのか、不安になり始める。彼女はますます健康になり、夫に反抗するようにもなる。いつもの見送りのとき、靴ベラで夫の頭部を殴る妄想シーンが挿入される。実際には靴ベラを固く握りしめたままだったのだが。

男はある日、自首して彼女から逃げ出すことを決意する。彼女は自首を止めようとする。男は逃げる。川べりの雑草が生い茂るところ、男に缶飲料を投げる。男は気を失う。近くにたまたま置いてあったリアカーにブルーシートを被せて男を乗せる。

男が気づいたとき、そこは例の廃墟となった工場である。彼女は薬物を摂取した状態だ。彼らは、例のカップルと同じように、大声を上げてセックスする。やがて男は逃げる。工場を前にして、石を投げる男。警察官が通る。男は自首する。

他方、工場で眠る彼女。目をカッと見開く。

最後はまたいつも通りの朝のシーン。洗濯物を干す。そこにいつもの男子高校生が通りかかる。「あの、今日も帰りに寄っていいですか」「裏口から来てね」と会話を交わす。

《ケイコ先生》と《ハケン家庭教師》と同様、彼女は複数人と関係するのであるが、《人妻》において共同体の秩序の崩壊は描かれない。それは、彼女自身が、自分自身の根拠付けを達成したからである。

ここで重要なのは、確かに共同体は崩壊しなかったが、彼女が夫と和解したとも言い難い点だ。むしろ彼女が和解するのは、彼女自身の人生とである。彼女は、工場からやってきた男との経験を経て、廃墟となった工場ではなく、古い一軒家の方でそれでも生きていくことを受け入れるのである。この和解という契機は《ケイコ先生》と《ハケン家庭教師》にはなかったものだ。しかも、和解することは、平穏無事に何事も起こらなくなることではなく、「良き生」からも遠い。目をカッと見開いたのちの彼女は、近所の男子高校生と関係を続けていることだろう。それは「こうでしかありえない生」である。彼女は他人の生に回収されない生を生きていく。

《舐める女》でもまた、彼女が演じる新妻は、夫との不和に悩んでいた。《人妻》とは違い夫婦仲は改善されて終わるが、これもまた相手に対する和解というよりは、自分の性癖の互いにあずかり知らぬかたちでの解放と、家族になったほんのささやかな根拠を思い出すことによる、自分自身の内部で起こる和解である。

杓子定規で過度に潔癖症なホワイトカラー男性の輝彦と結婚相談所の紹介で結婚した、自分に自信のない女性・カオルはいわゆる「匂いフェチ」だ。輝彦は性交後にすぐさま消臭剤をスプレーし、食卓では「味噌が少し多いかもしれませんね」などとカオルに細かい指示を与え続ける。夫の輝彦は、理想の家庭像を追い求めているかのようである。

彼ら二人が住む住居もまた、輝彦の精神で支配されているかのように、掃除は行き届き、リモコンの置く位置までしっかり決められている。それに対し、カオルは反抗する意志も言葉もない。だが、やがてカオルは自らのもともとの性向に従い、夫の居ぬ間に住居を汚し始めるのである。

カオルは汗臭いものが好きだ。近所で練習中の野球部員の肌着や、ランニング中の男性の帽子を盗み、それで自慰行為にふけるのだった。家財道具はカオルの体液で汚れていく。夫にはバレてはならない。夫の帰宅する八時より前に、彼女は住居を掃除せねばならない。掃除したあとのティッシュペーパー（トイレットペーパーではなく）はゴミ箱に残すと輝彦にバレるためか、トイレに流す。ある時、それでトイレを詰まらせて壊してしまう。その清掃業者の男性・浅野の作業中、彼のタオルを盗んで風呂場で自慰行為にふけっているところ、これが彼にバレて性交に発展する。ここで物語が動き出す。

他方、輝彦も、会社の接待でＳＭプレイを経験し、特殊性癖に目覚めていく。この二人の性癖の開発に携わる二人、清掃業者の男性と女王様は実のところ幼馴染の恋人同士で、終盤にはこの二人も夫婦になる。実家の青森のリンゴ園を引き継ぐことを決意し、郷里で生きていくことを決意するのだった。

二組の夫婦が偶然混交し、彼ら四人の生き方は少しずつ変わっていくが、それは悪の喜びに退廃することとは反対の生き方だ。浅野が清掃業をやめたと聞き、引き継いだ人間から無理矢理住所を聞き出し浅野のもとへ行くカオル。プレイの途中、「あたしここやめんだよね、今日。田舎帰って結婚すんの」と、輝彦に語りだす女王様。二人は次のように会話する。「ねぇ、結婚っていいもの？」「わかりません」「なんで結婚したの？ 前から聞きたかったんだよね」「一目ぼれです。妻の笑顔に一目ぼれしました。でも、一緒に暮らすようになってから妻は笑わなくなりました」。他方、カオルも浅野と同じような会話をしていた。「なんで結婚したんですか？」と浅野に聞かれ、カオルは「匂いが……あんないい匂いはじめてで」と答える。

輝彦とカオルは、それぞれの経験を経て、「笑顔」「匂い」という家族となった根拠を思い出す。しかしその根拠は、カオルにとっては相手の匂いがタイプだったという、自らの意志で行った根拠付けとは言えないささやかなものだ。大事なのは、輝彦のうちで、家庭に対して抱いていた理想像のようなものがほとんど効力を失っていったことだろう。合間の、輝彦とカオルの朝食のシーンで、輝彦が次第にカオルの振る舞いに寛容になっていく過程が示されている。輝彦はカオルが肘を立てて牛乳を飲むのをもはや注意しなくなっている。

最後も朝食のシーンだ。輝彦はカオルに、「味噌変えましたか?……いいえ、おいしくなりました」と伝える。またトイレを詰まらせてしまったカオルは、掃除を輝彦に頼む。最後、輝彦の首筋の汗を舐めて、カオルがやっと笑顔を見せて映画が終わる。

かつての根拠を思い出すことを通じて、具体的な状況下で和解することで彼女は、暴力の装置とされることなく、秩序の崩壊へとなだれ込むことなく、生きていくことができる。

「こうでしかありえない生」へ向けて

《人妻》と《舐める女》には共同体を崩壊させない方法が示されている。家の中で、自己変容により自分と和解することは、「これでしかありえない生」を生きることであり、それはつまるところ、「関係構築に依らない自分自身の根拠付け」なのである。そして、ここから他者との関係構築を、彼女らは始めている。

住居のなかで孤独に生きることとは、共同体という単位ではなく、夫婦であれば一人と一人とで生きることである。《舐める女》で夫婦という共同体が再生するのは、結果であって目的ではなかった。彼らはそれぞれに何があったか知らないままに、自分たちなりの家族となった。住居のなかで孤独に生きること、それは、共同体の内部で合目的性から解き放たれ、ままならない自分自身が生きることである。

筆者は少しでも「見ること」ができるようになっただろうか。批評は、対象への理解を自己理解の進展と分けることなく進めざるをえない。

彼女をうまく見ることができないのは、彼女を含めた対象の、考えや行動の不確かさ、そして筆者自身も無関係ではいられない、言葉のなさのせいだった。自分自身を根拠付けることは、相手の要求にこたえることではない。自分の人生と和解することである。

彼女から一旦目を離して、今現在の現実に目を向けると、自分自身を語る言葉のなさによる共同体の秩序の崩壊の様子を、ただ黙ってみているしかない状況である。彼女と、彼女を取り巻く人物たちは結局言葉によって自分自身の根拠付けを達成したわけではなかったのだが、私たちはそういうわけにはいかないだろう。基本的に「こうでしかありえない生」は規範性が欠けている。もちろん映画はフィクションだが、それを差し引いても彼女の生は模倣できるものではない。「悪しき生」において規範性のある生き方はどれほど可能か、という問いは、まだまだ先まで残り続けることだろう。

個人がより良く生きるのは共同体のためではないが、共同体を破壊するためでもない。近所の男子高校生をたぶらかすほどに性的に奔放になることが、あるいは、「嗅ぐ女」から「舐める女」へと変容することが、彼女にとっての「自由」だった。だがそれは自己変容以上のものではない。住居も家族も破壊されないのであるし、彼女らの自己変容を共同体内部にいるもう一人の人間である夫は知らない。住居には、強盗の寝床とされたり体液で汚されたりした記憶が密かに刻まれている。「家族（夫婦）」の再生と維持が何によって果たされたか、彼らは互いに、ひょっとすれば彼ら自身にもわからないのかもしれない。

何も変わらなかったと、この映画を非難することはそれこそ根拠が不確かだ。人々は、それでもなお共同体の内部で生きていかねばならないことには変わりない。共同体が毀損されると、それこそ誰かが暴力を被ることになり、その暴力は人間が見えないその程度に応じて、見えないものとなるだろう。その惨状は《ケイコ先生の優雅な生活》で確認した通りだ。

だが、自己変容により「こうでしかありえない生」を生きることにより、「悪しき生」に亀裂を入れることくらいは可能だ。自分の生から他人の生の規範を取り出すことをできなくさせることで、倫理的暴力の構造を少しだけでも食い止めるのは可能だ。新たな関係を構築することで、社会の抑圧を一旦過去のものにすることは可能だ。それがどれほどささやかなことでも、シニシズムに陥る前にできることはあるだろう。

現状維持と現状追認とは違う。自己変容の可能性はまだまだたくさん残されていると思う。それは、必ずしも社会変革の夢を見ることとは同じではないのだとも思う。我々が壊れている。そして我々は愛することをまだ始めていない。

そんなことが、筆者が七海ななについて、知っていることである。

1

七海ななについて知っているいくつかのこと

2

あの頃の前田敦子

かつて「前田敦子の時代」があった

そういえば、筆者は前田敦子《まえだあつこ》に会いに行ったことがない。

前田敦子。「会いに行けるアイドル」という文言を人口に膾炙させるに最も貢献したであろう存在。

「……歳の前田敦子です」

――アイドルグループのセンターに立つ人間らしい、キャラ付けの施されていないシンプルなキャッチコピー。モーニング娘。の安倍《あべ》なつみやアイドルマスターの天海春香《あまみはるか》と同じような、アイドルグループのセンターたるもののキャラクター類型をしっかり押さえた、ミディアムボブカットの髪型。少女たちの個性を一旦消し去りグループの「システム」に帰属させんとするあのチェック柄の制服風の衣装、黒目がちの瞳、「言い訳Maybe」の終盤のソロの鼻にかかったような歌声――特徴を思い付くままに挙げても、やっぱりどこか、彼女のことを秀でた存在だと説明するものとはならない。彼女は、当時よく言われていた「クラスの三〜四番目にかわいい娘」というグループのコンセプトにふさわしい存在だった。

彼女は、大衆共通の話題としてマスカルチャーがもはや機能しなくなったなか、二〇〇五年から二〇一二年まで、人気絶頂のAKB48において、大半のシングル曲でセンターに立ち続けた。

思い返せば筆者が、マスカルチャーが困難になったと最初に感じたのも、地上波の歌番組で初期のAKB48が「桜の花びらたち」を披露しているのを見たときだった。この人たちは一体誰なのか——地方の田舎で東京の局所的な文化現象を知ったときの疎外感は強く、今でも鮮明に思い出せる。もちろんそこには前田敦子が映っていたはずだったが、彼女のことなど当時の筆者は知る由もなかった。

一家に一台のテレビを囲むよりも、一人一台の端末でめいめい好きなものを見るようになることも、端末を介さず直接会いに行く楽しみ方がこれだけ普通のことになることも、消費者が端末から直接課金するのがほとんど当たり前のようになることも、筆者は何も考えていなかった。二〇〇〇年代以前

2

のマスカルチャーはもう戻ってこない。だが「マス」ということへの欲求やら需要がなくなったわけでもなかった。AKB48は、「会いに行けるアイドル」という身体性を武器に、その身体から遠く離れた地方在住者をも巻き込むことで、そして地方劇場の設置で身体を届けることもし、そうして、そもそも身体性の希薄であるところのマスカルチャーを自分たちのために新たに作り直したことになるだろう。

AKB48の人気などきわめて疑わしく人為的に過ぎないと多くの人は感じていた。しかし同時に、それでは日本の芸能界で人為的ではない人気が一度もなかったというのか、と思えばそんなことはない、ともわかっていた。マスカルチャーの崩壊により生じる不安を、東日本大震災による社会情勢の不安定化、そこから発展した「絆」という言葉の下での急激な結束とあいまって、多くの人は多分に受け入れがたく感じていたことだろう。そういう人は、被災地を訪問するAKB48の映像を見て、今なおマスカルチャーにできることは何かと、考え込むこともあったのかもしれない。だからあの頃、真にAKB48を嫌うことは思いのほか難しかった。

「フライングゲット」の金色の衣装——だがあの頃の前田はスポットライト

を浴びて輝く分、矢面に立たされてもいた。彼女の容姿に関する特徴や振る舞いに関するささいな至らなさ、楽曲をどういうふうに歌っているのかという点なども、すぐに人々の批判の材料となった。付属の特典のためにファンに中身の同じアイテムを複数購入させるシステムは「ＡＫＢ商法」と批判され、実際多くのファンが「選抜総選挙」に「推し」をランクインさせるべく、投票権の入ったＣＤを買い、音楽産業はあの時一度死んだ。「ＡＫＢ商法」は、音楽産業をハックするほとんどルール違反に近い抜け道のようなものだったが、これを一方的に否定する態度は、音楽産業の現実を直視していないものと受け取られてしまうようなところがあった。そして、これからどうやって音楽を売るかといったビジネスモデルの話をすることに比べれば、彼女ら一人ひとりを語ることは軽視されていたところもあったのかもしれない。

思えばあの頃からである。アイドルについて語るにあたっては自己批判が伴わなければならなくなり、ファンの倫理を常に各人が問わねばならなくなったのは。批判的な言及方法は、近年、ジェンダー論やメディア論の方法論をバックボーンとするタイプのアイドル文化研究の本や、「推し」の実態に迫る内容の本がちらほら流通するようになったことを思うに、アイドルを一端の研究対象として押し上げることにも繫がったのかもしれない。客観的な方法論の定立やデータベースを整備し歴史と言説を整理するといった学問的営みに踏み切りでもしないと、ファンは、自分の自己批判をオタク語りの範疇を越え出るものとするのは難しいと感じることだろう。外部への言葉とならないような、オタク語りに終始していたら、ファンは、ファンである自分自身を受け入れることが難しいのかもしれない。どのみち、あの頃から、ファンの自意識は肥大化の一途を辿っているように思える。それに、ファンが自意識の肥大化を止める術を今更得たとしても、あの頃の前田敦子が敵だらけだった過去が変わるわけではない。あの頃は前田敦子について、彼女のことだけを、彼女のためだけに語ることは困難だったはずである。アイドル愛好家は、もう二度と、前田がまさにそうであったように、ドキュメンタリー映画で過呼吸の姿を晒すようなアイドルを生み出すのに加担してはならないと密かに反省し続けているのだろうか。もちろん、彼女が過呼吸になったことにファンにどれだけ責任があったのかをはっきり言うことは誰にもできない。それとも、AKB48の時代を抑圧して、もう別のアイドルのことを考えているのだろうか。

ちなみに筆者はどの「会いに行けるアイドル」にも会いに行ったことがない。この原稿を書き始めてそのことに気が付き愕然としている。散々周囲にアイドルが好きだと公言して憚《はばか》らなかったのに、アイドルに対し何もしたことがない。自宅でひとり酔っぱらったら私立恵比寿中学の「売れたいエモーション!」をほぼ必ず聞きかつて同グループに在籍していた松野莉奈《まつのりな》の早逝に未だに涙を流すが、直接、購買活動をしたこともなければ活動を熱心に追ったこともない。いわゆるアイドル愛好者と何も似ておらず、筆者のようなディレッタンティズムを彼ら愛好家は最も蔑《さげす》みそうな気がする。

たまの日曜の朝にふと目覚めれば、NHKの音楽バラエティ番組「ザ少年倶楽部プレミアム」の再放送を見ることもあった。あぁ、もう最近のジャニーズは、ローラースケート履いて踊ったり、羽根やスパンコールのついたナポレオンジャケットを着こんだりして、伝統的な「ジャニーズ」をやることはもうそんなにないんだろうか、などと勝手なことを思いつつぼんやりするものであった。筆者にとってアイドルとはその程度のものである。そして「その程度である」ゆえに常に愛し続けてきたつもりだ。これはいわゆる「DD(誰でも大好き)」という消費類型とも違う。とにかく、彼らの存在が日常のうちに一瞬見切れるだけなのであるから。

アイドルを愛好する人々は、アイドルの作り出す「物語性」に胸を熱くし、アイドル同士の「関係性」に癒され、誰か特定のアイドルに対し「推し」を公言して日夜ファン活動に励む、などしている。それらを支えるのは、依然としてファンとアイドルとの接触、「身体性」であることだろう。思えば、こうしたアイドル愛好者の消費類型は、マスカルチャーが困難になったときいよいよ表面化したように筆者は記憶している。TVの歌番組がほとんどなくなり、バラエティ番組もかつてほどにお茶の間に開かれたものとはならなくなった状況で、自分たちが主役として出演できるわけではなく脇役として花を添えるべく存在していたようなアイドルたちは、それぞれの小さなメディアで、自ら率先して自分を主役らしく作り上げる必要に駆られてしまっている。他のアイドルとの差異化では不十分だ。誰しも、誰かにとっての主役でなくてはならなくなった。マスカルチャー崩壊後のアイドルの「主役らしさ」は、もう遥か昔昭和のスター級アイドルの主役らしさとは共通点をもっていないようにみえる。アイドルのルックスや楽曲などの質的変化について何か語ったところで、あまり意味がないのかもしれないと思うほどに。

アイドルは、実際の市場規模はさておいても、「その程度である」ことをやめざるをえなかった。ファンとの相互作用により、ますますアイドルたちは「その程度」性へと降りられなくなっているように筆者には見える。折しも、日本のアイドルはコロナ禍の最中「身体（接触）性」「関係性」に特化した自らの芸が効力を発揮しきれないと反省したであろうし、K－POPアイドルの世界的成功を後追いするのであれば、歌もダンスも「本格的」に習得せねばならない。そういう時代となった。

彼女が卒業してからそろそろ一〇年になるのだが、「前田敦子の時代」は歴史へと移行しつつある。ただ、アイドルの流行が変わっても、まだ変わっていないものがある。それは、「その程度であること」に耐えられないのは、ファンのほうに他ならないということだ。これからもアイドルに触れる人々は、彼彼女らの「その程度」性に直面しながらも何か見誤ったりしながら、愛し続けることだろう。

前田敦子は「システム」であり「実存」だった

前田敦子に最も多くぶつけられてきた言葉は、どうしてこの人がセンターなのか、といったものだろう。この疑問を解きほぐすにあたり、容姿にそこまで秀でたところがないとか、身近な女の子らしくて親しみが持てるなどという彼女自身の印象に還元するべきではない。これもまた、七海なの場合と同様、見えないという意味として一旦捉え、並行して考えるのが有効であるように思う。

七海のことも前田のことも、筆者はうまく見ることができない。彼女らは関係のなかに消尽する。《ケイコ先生の優雅な生活》での七海の表現は、登場人物全員の、関係構築と根拠付けの破綻にあり、このとき登場人物はケイコ先生の存在を介してフラットな関係に置かれたことを前章で確認した。このフラット性はカオスのことであり、カオスはこれ自体新しい関係構築ではなく、人々はより良く生きることができなかった。これに対し前田敦子は、ＡＫＢ48というフィクションのなかで、関係構築に絶えず供されていた。彼女の周りにいる少女たちのほうがいつもキャラ立ちしていた。渡辺麻友《わたなべまゆ》が妹系であり板野友美《いたのともみ》がギャルであり篠田麻里子《しのだまりこ》が「マリコ様」だったのは、センターにいる前田敦子と比較してまさにそうだったのであり、前田自身にキャラがなかったと言えば嘘になるが、それは「顔面センター」などというどこの誰が書き込んだかわからない悪口によってはじめて前田の顔は特徴を持つものとして把握される、そんな次第であった。そして少女たちのキャラクターは、グループを卒業し、つまりは前田敦子という関係項を失った途端、多かれ少なかれぼやけたものとなっていったのだった。

　フラットな関係はきわめて人工的に整備され、スタート地点ですでに彼女らに与えられていた。ＡＫＢ48という「フィクション」は「ガチ（本気）」という前提に多くを負っていた。握手会や総選挙というシステムは少女たちに機会平等性を付与し、彼女らは努力次第で機会を獲得できると言われていたものだった。高橋《たかはし》みなみの「努力は必ず報われる」という発言はある面でＡＫＢ48という「フィクション」を端的に説明するものだった。グループに在籍する少女たちの、努力と創意工夫と協力とで芸能界で活躍するチャンスを勝ち取っていこうとする物語が、このグループのメインの消費財であった。フラットな関係が真にそうだったならば、つまり出来レースがひとつも存在しなかったのならば、このグループのシステムはきわめて合理的な競争社会を成り立たせるもので、それはそれで、ネオリベラリズムと自己責任論とが深く刻み込まれていたと言えるだろうから、残酷であることに変わりはない。すでに指摘されているが、当時の日本社会とのつながりがこのグループにあったならこの点に他ならない。

前田の場合のフラットな関係とは、要はAKB48という「システム」のことであり、前田はまさに、七海の演じる人物が「住居」によって生き生きとしたのと同じく、「システム」によって生きるアイドルだったと言えるだろう。だが、「住居」が不特定多数の過去の生き方が蓄積された物質的規定だったのに比べ、「システム」はどうも疑わしい。この中で生きる人々が主体的に生きていけるとは、未だに腑《ふ》に落ちない。

AKB48を「システム」の点で評価する論者は複数いたが、いま考えると「システム」は、そこまでわかりやすいものとは思えない。「システム」は彼女らとファンに機会平等性をもたらしたが、他方この中で生きる人々を代替可能性に導くところがあった（ファンもまたアイドルにとって代替可能である）。

ＡＫＢ48をシステムとして、そのゲーム性の面で評価していた評論家の宇《う》野《の》常寛《つねひろ》は、二〇一二年当時、前田敦子の卒業をグループにとってそこまで致命的ではない、と考えていた。「前田敦子は唯一無二の存在ではなくあくまで「48人中の1位」（実際にはもっと分母は多い）、あくまで相対的なエースにすぎないからだ。単一の大きな存在がシーンを牽引するのではなく、無数の小さな存在たちの集合がシーンを形成する――これがＡＫＢ48というシステムの基本的な発想だ」（宇野常寛「お金には（たぶん）ならない　第1回：前田敦子の「卒業」とは」『週刊東洋経済』東洋経済新報社、二〇一二年四月七日号、一二八頁）。このグループの中に唯一無二の存在はいない。だがこの冷めた洞察は、そこまで当たっていなかったと筆者は思う。確かに前田はシーンを牽引するようなアイドルではなかったけれども、それはシステムに帰する事柄であると同時にやはりまた彼女自身の資質と切り分けることができない。彼女にシーンを牽引するほどの強い魅力がなかったからこそ、彼女はＡＫＢ48で勝ち続けた、と考えるべきではなかったか。そして、他の女の子たちのキャラ付けの起点として常に関係構築に供されるままだった前田が去ったのちには、AKB48は女王アリを失ったアリ塚のようにゆっくりと衰退へ向かっていったのではなかっただろうか。この「システム」か「実存」か、どちらが先にあるかわからなくさせてしまうところこそ、前田敦子の最大の武器だったはずだ。

「その程度」性を過小評価しては、見えないものが増えていく一方なのである。だが多くのアイドル愛好家は、いつだって自分自身が何かを低く見積もることで作り出した「その程度」性が、結果的にその程度では済まなかった、という事態を欲してしまうものでもある。このとき彼らは最も、アイドルの仕掛け人に自分を重ね合わせていることだろう。

ところで《ケイコ先生の優雅な生活》と、AKBグループのメンバーが出演していたヤンキー学園ものドラマ《マジすか学園》第一期とは、突発的に起こるものが性交渉とケンカとでは似ても似つかないが、登場人物の言葉のなさゆえの衝動性という点で、そしてまた関係構築と根拠付けのなし崩し的な表現という点でも、筆者の問題意識のうちでは近いものである。前田もまた、七海と同様暴力を振るわれ続ける。グループ卒業からだいぶ経った頃の仕事である、映画《旅のおわり世界のはじまり》（黒沢清監督、二〇一九年）でもその表現の一端が垣間見えるように思うのだが、実際に暴力が振るわれなくとも、前田敦子もまた、どことなく「ヴァルネラビリティ」の人である。ただ《マジすか学園》の前田は作中で最もケンカが強いのであったが、この負けない前田という筋書きは、ＡＫＢ48のフィクション性を一番明瞭に物語っていたものだった。関係構築が彼女たちの主体性により、出来上がっていくことは基本的にはなく、「システム」において主体性はいずれ商品になってしまう。「ガチ」は「フィクション」のほうへとくずおれるように包摂されていった。

『ＡＫＢ48友撮』という、彼女ら自身がメンバー同士で築き上げた関係がそれぞれ写真に収められた記録冊子があった。これもまた安心して消費できるものとしてファンが楽しんでいた以上、むしろファンのその消費という態度でもって「フィクション」に成っていくものであった。

「システム」と「実存」、「フィクション」と「ガチ」。基本的には相いれないものであるはずのものを一飛びに短絡させる魔力がＡＫＢ48にはあり、前田敦子がなぜこのグループのセンターだったのか、彼女の魅力を説明するためにはその魔力を指摘すること以外には難しいだろう。

いま振り返ると、少女たちが自分をキャラクターとして売ることも、ファンが少女たちをキャラクターとして買うことも、前田敦子抜きには成立しなかったのではないかとさえ思える。彼女が去ったとき、そこからゆっくりと、静かに関係構築が壊れていった。実を言うと、ＡＫＢ48のプレゼンスが元に戻らなくなって初めて、前田敦子は筆者のうちに現前した。なるほど、彼女が第三回選抜総選挙で言った有名な言葉「私のことは嫌いでも、ＡＫＢのことは嫌いにならないでください」とは、ファンに対する懇願であると同時に、自己言及でもあった。図らずも、前田敦子に初めてキャッチフレーズが生まれた瞬間だったのかもしれない。つまりあの発言をもって、「前田敦子」が「私」であると当時に「ＡＫＢ48」でもあると、前田自身がそうやって自分を根拠付けたことになるのではないか。彼女は「システム」として生まれ直した。もしあの頃の前田に性的な魅力を感じないのなら、それは彼女のことを「システム」の現前としてのみ捉えていることになるのかもしれない。なるほど確かに、相いれないものが一飛びにつながる瞬間は、それは濱野《はまの》智史《さとし》をして「前田敦子はキリストを超えた」と言わしめるほど（元々この言葉は宇野常寛がツイッターで発した冗談だったらしい)、熱狂的な瞬間だったに違いない。だがそれは、各人が生きる上での具体的な根拠付けを彼女から得た、ということではなかっただろう(キリストはそれでも人々に生きる根拠を与え続けているのではないかと思うのだが、どうだろう)。諸々雑多な矛盾が止揚され、彼女のこともまた捨象され、アイドルというものが「器」になると濱野はあの時確信したのではないか。それは対象の記述に徹することから生まれた確信ではないように見える。濱野の個人的な問題意識に引き付ける以外の手続きは、その時には存在しなかったのではないか。次のような文章を読むと、筆者はそのように思う。

情報技術/情報環境が真の意味で「社会を変える」のだとすれば、それは、(情報技術がバーチャルな空間に留まるのではなく)「身体性」とのよりダイレクトで密接な結合が必要である、と。ただしそれは「……」ウエアラブル・デバイスが今後普及していけばよい、ということではない「……」。

実は筆者にとって、この「情報技術と密接に接合した身体のあり方」こそが、現代日本社会における「アイドル」という存在である。いま日本では、アイドルこそが情報環境の生態系の変化にもっとも敏感な身体性の「器」なのだ。

（濱野智史『アーキテクチャの生態系』筑摩書房、二〇一五年、三六三頁）

「システム」が「実存」であり、「実存」もまた「システム」であるなど、奇跡に他ならない。確かにこの奇跡は、握手券を購入したり、総選挙に投票するなどし、AKB48に積極的にコミットしないと体験できないものであったのだろう。だが、その奇跡のような体験でさえ、ファンの消費を愛へと格上げすることはないだろう。上記のように語るとき、濱野は何か公共圏のようなものの設立に魅せられてはいなかっただろうか。ファンの意見でアイドルの処遇を変えることが、アイドルの存在を介した公共圏の設立といえるのか、筆者には疑わしい。それに、いくら「社会を変える」思いが切実でも、その思いは彼女らに対する愛ではない。社会変革の夢を具現化する存在として彼女らを捉えている以上、彼女らはあらかじめ無害化されている。

彼女がイエスであると名指しされたことの意味は、殊の外深刻だ。AKB

48をキリスト教になぞらえるとすると、ファンにとっては父なる神との契約のほうが、アイドル一人ひとりの存在よりも大切だったということになりはしないか。それなら、我々の気が付かないうちに、前田敦子という個人はどこにも存在しなかったのではないか、とも思う。

「フィクション」であるがためにあの頃のＡＫＢ48をファンは楽しむことができた。「ガチ」と言っても「フィクション」と地続きである。「フィクション」であれ「ガチ」であれ、括弧を外すのはアイドルの卒業以外にありえない。卒業とはこれ以降アイドルが本当に主体的に生きていくことなのだが、ファンは大抵ここで目を覚ます。ジャニーズを脱退したタレントからは、やはりどうしてもファンは離れていってしまうように。

そろそろもう少し核心に迫っていくことにしよう。その括弧は、つまり安全なフィクション性は何によって担保されていたか。つまり、グループ内部の彼女たちにも、彼女たちを消費する側にも、言葉が要らない状況をもたらし（宗教的な熱狂とは言葉の不在のことでもある）、関係構築を主体的に生じさせないようにしていたのは、何であるか。

秋元康《あきもとやすし》の存在に触れないわけにはいかないだろう。あの頃のファンの最も醜悪だった部分は、結局はどのクレームも、その少女を「システム」内部に参入させた、プロデューサーである秋元康へのクレームということになるのに、それぞれ少女たち一人ひとりに向けてクレームを浴びせていたこと、つまりファンの都合のいいときだけ彼女たちの「実存」に頼っていたことにあるだろう。先走って言ってしまうと、あの頃の前田敦子への欲求や毛嫌いは、結局は、秋元康への感情と切り離せなかったもののように思う。

なんでも批判の材料とされてしまっていた彼女だが、たった一人、前田敦子だけへの批判というのは難しい。それは「システム」への批判につながっていき、結局は秋元康への批判に回収されてしまうことだろう。「システム」内部に生きる彼女らに対しては、批判が彼女ら個人に対するものとして完結することはないのではないかと思う。前田敦子とは、そして秋元康とは、ファンにとってはいつの間にか甘えたり内面化してしまうような存在だったのかもしれない。筆者の脳裏には、「母」とか「父」といった言葉が浮かぶ。それは、容易に打ち倒しがたく、打ち倒した途端自分自身も打ち倒れてしまうかもしれないような、そうした規範であるようなもの。AKB48とは、前田敦子を「母」とし（江藤淳風に言うならば、「システム（家）」が前田敦子

（母）にとって単なる物質ではなく精神の延長」といった具合になるだろうか）、秋元康を「父」とする、そういう「システム」だったのではないか。

批判がいつのまにか「父」へと回収されてしまう、そうした「母」であること。これが彼女の「見えなさ」の元凶なのだと思う。前田敦子をさしたる理由もなく（言葉のない状態で）毛嫌いするファンがいたとすれば、それはつまるところ、確かにシステム上はどの女の子も選べるのだが、「母」と「父」のせいで、真に「推し」とは二人きりになれないことに気が付いていたからではないか。それは、例えば「推し」と卒業後に交際して結婚するなどし、ファンの側の「ガチ恋」を成就させることでどうにかなる問題ではなかったのではないか。つまり、ファンが「推し」と結ばれないというAKB48最大のアトラクションとは、「父」になる欲求の断念しきれなさや、「母」離れの不可能性という、いかにも古くさい、ほとんどかびの生えたような文芸評論めいた問題設定が、再燃していた現実のことだったのではないだろうか。

実際、濱野はのちに自らアイドルプロデューサーになり、小林《こばやし》よしのりは前田の卒業に際し、「わしはいつの間にか甘えていた。依存心だな、これは。安心しきっていた」（小林よしのり『ゴーマニズム宣言SPECIAL　AKB48論』幻冬舎、二〇一三年、二一頁）と、書き残していたのであった。

前田敦子――秋元康を真に批判するには……

前田敦子の見えなさ、語りえなさは、批判の完結されなさゆえであり、それは秋元康への批判不可能性を動力にしていたのかもしれないと思う。これはまた、前田を推さない人間は前田についてそもそも語りもしないので、表面化しづらいポイントだ。

先に「前田敦子は「システム」であり「実存」だった」ということを筆者は論じたが、実は、ＡＫＢ48にとって「システム」と「実存」どちらが大切か、という論点は、いわゆる「ＡＫＢ論壇」が提出したものだ。この論点は、小林、中森明夫《なかもりあきお》、宇野、濱野による座談会を収録した『ＡＫＢ48白熱論争』の一八八―一九四頁で提示され、小林よしのりは『ゴーマニズム宣言SPECIAL ＡＫＢ48論』の特に第九章「アイドルの丸刈りがそんなに悪いか？」でこの論点を引き継いだ。ここで「実存」は、「主体性」と言い換えられ、峯岸《みねぎし》みなみ坊主事件を非難する大衆への批判の根拠として機能した。曰く、「世間は誰も峯岸みなみ本人の主体性を認めないのだ！」（前掲書、一〇七頁）。

微妙に整理しがたいところもあるが、『ＡＫＢ48白熱論争』では、「システム」側には宇野と濱野が、「実存」側には中森と小林が分かれていた。

中森は、濱野の書いた「ウォーホルも予言した「ＡＫＢ現象」徹底解読」という記事に対し、そしてこれを濱野がアンディ・ウォーホルとイーディ・セジウィックの間に何があったか知らずに書いたと知り、忠告するように批判する。

濱野智史という若き論客が「ＡＫＢはウォーホルのファクトリーだ」と語れば、ロジックとしてシャープな感じだし、カッコイイんですよ。だけど、そうやって論理で切った手形のツケを、いつか実存で払わなきゃいけないときが来るように思う。ウォーホルは、ファクトリーで人間をアートのようにスーパースターに仕立て上げた結果、イーディという悲劇の女性を生み出した。さらにはヴァレリー・ソラナスに自分自身が撃たれるという痛みも味わった。そうやって、ポップの裏側にある実存の問題に復讐されるわけ。単純に言うと、女の子たちが可哀想だと思わないの？　ということだけど。

（小林よしのり・中森明夫・宇野常寛・濱野智史『AKB48白熱論争』幻冬舎、二〇一二年、一八九頁）

小林もまた宇野に対し、「システムを作らないと実存というのはできないわけ？」（一九三頁）とぶつけるが、「AKBは、実存を輝かせるためのシステムを作ったところがいいと思うんです」（同頁）と返されてしまう。『AKB48白熱論争』からは、単なる世代間闘争のようなところがあるにせよ、「システム」側と「実存」側の対立が汲み取れる。だが、そうした四人をもってしても、秋元康を高く評価するという方向性ではおおよそ軌を一にしている。小林はここでも少し他の人とモードが違っており、『ゴーマニズム宣言SPECIAL AKB48論』とあわせて読むと、秋元については、飽くまで大衆に迎え入れられる女の子を見出すプロデューサーとしての審美眼への憧れを表明するに留まっているようだが、宇野はこの国の社会について常に視野に入れるなかで、秋元への高い評価を導き出している。

秋元さんは、社会のシステムを批判するわけではないけど、いろいろと面白い仕掛けを作っていくことで、結果的に「こんな仕組みがあり得たのか」というショックを与えているんですよね。個人のライフスタイルではなくて、人やお金の集め方、動員のシステムについて新しいモデルを提示している。しかも、あくまで商売として。

（前掲書、二〇三頁）

「システム」側のパトスは、社会や政治への、言わば外部接続可能性といったものへの夢想に支えられていたように見える。だがそれは、秋元康（父）への単なる憧れの域を超え出るものだったのかと言うと、どうも疑わしい。

それでは「実存」派の二人は何を夢想したか。筆者には、「実存」派もまた秋元への単なる憧れからそこまで自由でなかったように見える。

このことを考えるためのヒントとして、ここでもう一人どうしても重要な人物を提示せねばならない。指原莉乃《さしはらりの》である。中森と小林の共通点は、指原莉乃の台頭によって、ＡＫＢ48への夢想を一旦やめることができた、ということにあるのではないかと筆者は思う。

それは中森から指原への手紙という体裁で書かれた文章にある「ＡＫＢ48を終わらせたのは、指原さん、あなたなのではないか？」（中森明夫「指原莉乃への手紙」『サンデー毎日』二〇二一年一月三一日号、毎日新聞出版、九六頁）という文言と、小林の『ＡＫＢ48論』が指原が第五回選抜総選挙で一位を獲得した場面で一旦区切りがついているというところから考えついたことであるが、果たして、どのようにして指原はＡＫＢ48を終わらせたと言えるのだろうか。

指原莉乃は「　」の外側からやってきて、「　」を外した人間である。それは彼女が派手なスキャンダルをやらかしたこととはあまり関係ない。ＡＫＢ48にとってスキャンダルは「フィクション」に回収される「ガチ」でしかないからだ。

指原が「　」の外側からやってきて、「　」を外したとは、つまり、彼女自身がアイドルファンだったのであり、ファンであった来歴をファンに消費させつつ、そのままプロデューサーへと変貌した、ということだ。指原は今や「＝LOVE《イコールラブ》」「≠ME《ノットイコールミー》」「≒JOY《ニアジョイ》」といったアイドルのプロデューサーを務めるまでになった。彼女はAKB48にとって、「娘」であり、やがて「父」になった。

小林の『AKB48論』において興味深い点はいくつかある。前田敦子と秋元康に特に際立ったイメージが与えられていないこと、「実存」や「主体性」という言葉で指原莉乃のことを語らず、彼女には「娼婦を管理する「遣り手ババア」」のイメージが付与されていること（一五三頁）、そして小林自身の、秋元康のようになれなかった経験について紙幅が割かれていることだ（第八章）。

これらは微妙につながっているように思う。どうして、指原莉乃というアイドルが、あれほどセルフプロデュースに長けた人間はそうそういないというのに、「実存」や「主体性」という言葉で語られないのだろうか。『AKB48論』が指原の台頭で締めくくられるのは、小林が、自分はなれなかった秋元康に、指原莉乃が成っていったのを直観したからではないか。そして、その「父」の姿が、自分が指原に与えたはずの禍々しい「娼婦を管理する「遣り手ババア」」と遠くないのを、いや、まさに指原がそのイメージを秋元の側へ投げ返したのを、どこかで感じてしまったからではないか。

指原莉乃とは、「実存」と「システム」の結託の中からはあらわれるはずのなかった、本当に主体的なアイドルだった。その主体性とは、「父」を批判することでも、打ち倒すことでもなく、「父」を反復することだった。それも、どこか醜い反復である。指原を見て、この社会が真に望む主体的な女性のイメージを彼女から得る人は少ないのではないか。だがそれが、唯一可能な、「父」への批判なのではないか。

指原は、特に山口真帆《やまぐちまほ》襲撃事件の一連の騒動のなかでの対応からして、ほとんど政治家のようだった。濱野にとっては特にそうだったようだが、AKB48とは、ある面では政治への夢想だった。それは、まさにこのAKB48という場が本当の政治の場になることはない、という前提のもとでしか成立しないものだったのではないか。つまり、彼女たち一人ひとりが政治的主体となるはずはない、という暗黙裡の了解があったのではないか。

であるからこそ、指原の存在は衝撃的であり、指原の総選挙第一位が何やら象徴的な意味を帯びたのは、彼女が「神7」の体制を打ち崩したことそれ自体にあるのではない。あれは、指原という政治家の誕生の瞬間だったのではないか。

彼女が彼女の同胞を打倒したのでもなければ、もちろん前田を倒したのではない。指原が終わらせたのは、AKB論壇の論調にあらわれていたところの、「父」への欲求に他ならない。総選挙などといって結局政治への夢想を楽しむだけのファンが政治的に成熟することを待たずして、実に政治的な感覚を携え、つまりは利害関係の調整能力を職能とし、しかもその職能の発揮のきっかけを与えたのはファンからの集票であったというふうにして、彼女は台頭していったのである。

あのとき前田は終わった。いや、前田敦子という固有名詞が、あの瞬間に、「 」の外された実存へと返ったかもしれない。彼女の役割は政治への夢想の前提をなすことでもあった。卒業してもしばらくは、彼女は彼女自身がシステムであるといっても過言ではないほどに、捨象されきっていた。彼女のすべてがAKB48の出来事として象徴化された。前田が倒れたのは、彼女の容姿の変化や老化などの彼女自身の身体に由来するところは少ない。指原がファンを倒し、それによって倒れたのである。そしてこのことでもって、AKB48は一度あの時終わった。筆者はそんなふうに、あの頃を思い出す。

「愛」と「消費」について課題が残った

思えば、前田敦子があの時実存に返ったとて、他にもたくさん乗り越えられていないものがファンの側に残された。ひとつは、アイドル産業において愛とは消費だ、ということ。大島優子《おおしまゆうこ》が第三回AKB48選抜総選挙の開票イベントで、「AKB商法」の批判を念頭に置きつつ言い放ったであろう「票数は皆さんの愛です」という発言は、今なお乗り越えられてはいない。愛が消費と常に癒着する。所詮は消費者である、と自認しさえすればアイドルに対し倫理的になることも可能とはなるだろう。だが、単なる愛も、単なる消費も、いずれも不可能である。

愛と消費の癒着は乗り越えられない。「システム」にハマった人々はその現実に直面していたのではないか。今となっては、あの奇妙な熱狂についてそんなことを思う。そして内心あの頃のアイドル論を毛嫌いしているであろう後続の人々もまた、愛も消費も、いずれも何も乗り越えられていないのであれば、あの頃を批判するのは能わないはずなのだが。

そして、ファン全体の公共性の問題も残されてしまった。確かに、アイドルに関する言説の論調は、あの頃とはだいぶ変わったように思える。自らの加害性や有害性などというのを直視せよ、とはよく言われるようになったのかもしれない。だが、問題となるのは他人の加害性のほうだろう。たった一人自分だけが自分の「推し」にだけ加害性を発揮しなければよい、と思っているのであれば、ファン同士で公共圏をつくりあげることは遠のくばかりだ。濱野が経験したところのＡＫＢ48の宗教性とは、ＡＫＢ48を介しての公共圏の復権のことでもあっただろう。ただそれは、前田敦子という殉教者を前提にするものだった。それは「アンチ」の存在を放置する方便に悪用されうる言説だったのではないか。本当にＡＫＢ48に公共性があったというならば、同じ公共圏に属する他者の有害性に対し対処できていなければならなかったのではないか。

この原稿を書いていて、やはり、「システム」の内部で、誰しもが主体性を獲得するのは無理があるだろう、と思うようになった。指原のケースはかろうじての主体性だ。「父」を醜く反復したという事実でもって、「父」に対する批判となせ、などと誰も他人に進言することはできない。「システム」の外部からアイドルを見やるファンにしても、同じことだ。ファンの主体性はアイドルへの他律性に回収され、やがて金銭自体が問題になるのは避けられないように思う。そもそも、そこにいる「父」はファンからしたら実際には抗うことも従うこともやりようがない存在である。批判しても結局は「システム」の動力として回収されてしまう。

アイドル産業において生きる人間が直面するアポリアとは、その産業のもとで責任ある主体として生きることは本当に可能か、と言い換えることができる。ファンの享楽と責任は両立できるか。このアポリアに対し一定の態度を示せたファンのみが、産業界の要請に従って生きる別の公共圏の人間に対し、つまりはアイドルに何の興味も持たない人間に対しなにか規範的なことを言うことができるだろう。政治だの経済だのと、自身の専門分野の語りにそのまま接続させることは、公共性から最も遠い。

ところで、結局筆者も、前田敦子についてのみ語ることができなかった。

いろいろMVやドキュメンタリー映画などを見返したのではある。だが、どうしてか、どれを見ても、胸につっかえるような感じがした。当時は感じなかった。アイドルを見ていてこんなことははじめてだ。前田敦子とは、こんなに存在感の強い人間だったのかと思う。見えなさとは関係への消尽という以外に、直視できない心持ちのことでもあったのか。宇野や濱野が、彼女を直視できないから「システム」へと目を向けたのか、「システム」への関心ゆえに彼女を直視することもなかったのか、もはやあの頃の感受性のことはわからない。

「Selfish」（二〇一六年）のMV、前田はあれほど大人っぽいのに、どこか少女の頃の表現様式が残っているような気がする。なぜだろう。

若々しさや子供っぽさとはそもそも位相が違うところにある、成熟の不可能性を前田敦子は宿していた。それは、何度でも「母」であること、つまりは、支配とその反復の起源であり続けること。

「……歳の前田敦子です」

やはり、どうしたって、この人がいなければすべてはじまらなかったのだろう。

3

Dr.ハインリッヒの漫才を見るためには

女芸人という不安、それからDr.ハインリッヒの印象

そうか、私は金属バットに甘えていたのだな。

二〇二二年一一月一七日に、毎年開催されている日本一の漫才師を決める大会である「M－1グランプリ2022」の、準決勝進出者が発表された。何度も見返したがそこに「金属バット」の名前はなかった。結成一五年になる彼らの出場資格は今年までである。まだ、準々決勝の動画の視聴者数を一番多く稼いで、ワイルドカード枠で準決勝に上がれる可能性は残されていたが、あまり何度も同じ動画を視聴するのも憚られた。筆者にとって重大だったのは、金属バットが敗退したこと自体ではなく、金属バットが敗退しハイツ友の会が勝ち上がった、という事実である。金属バットが落ちハイツ友の会が準決勝に駒を進めたという事実は、筆者に反省を迫っていた。筆者の中で長らく続いてきた、女芸人に対する苦手意識に向き合え、と。

今度こそ、本当に今度こそ女芸人の時代がくるかもしれない、と思った。それは本当にそうならいい、と心から思えばこそ、不安混じりの予感だった。

女芸人が何か言われているのを、見たり読んだりすることが苦手だ。存在するだけで、力関係の勾配により存在意義が測られてしまうような彼女らを見ているのは嫌だ。流行りの考え方を取り入れたりキャラを変えたりして戦略的に生き残っていこうとしているのも、閉じ籠もってネタをしっかり仕上げているのさえも、見ていて心のどこかでは楽しくない。彼女らは、女に何がわかるといって排除されるか、評価されるにしても、うまく男芸人のやっていることを踏襲しているといって無害なものとして愛でられるのが関の山である、と思ってしまうからだ。あるいは、そんな彼女らの窮状を心配するようにして独自の強度をもつファンコミュニティが出来上がっていく。性別は関係ないのかもしれないが、そうなったら筆者はただぼんやりと見ていることしかできない。

女芸人が擁護されているところを見るのは我慢がならない。女芸人の大会「THE W」では、聞くところによると、敗退した者は「僅差だった」とフォローされるらしい。舞台から離れたところでも、彼女らのことを擁護する人は少なくないだろうが、その擁護される様子も含めて、女芸人とは女の生涯の縮図である、と思ってしまう。それがどういった性別の人から発されるのであれ、やっかみも称賛も包摂し自分の力に変えていくのが女の常である、とは一般化の雑さが過ぎるかもしれないが、要するに、彼女らの存在をそのまま自分のこととして捉えてしまって（勝手に筆者の生き方に重ね合わせてしまって）、見ていて居心地が悪い。笑うことは、どれほど一瞬のことに過ぎなくとも、現実を忘れる行為であるのに。

さて、筆者が唯一、女芸人のうちで比較的穏やかな気持ちで接することのできる対象として、Dr.ハインリッヒという漫才師がいる。

Dr.ハインリッヒは、吉本興業所属の双子女性漫才師。筆者がその名前を知ったのは、ちょうど金属バットの漫才の動画を漁っていた頃のこと、関連動画ではじめて知ったのだと記憶している。とうにその頃筆者はテレビを見なくなっていたが、あれは確か三年程前、お笑いコンビ・馬鹿よ貴方はの新道《しんどう》竜巳《たつみ》のYouTubeチャンネルである「馬鹿よ貴方は、新道竜巳のごみラジオ」のサムネイルで彼女らの名前を見た。金属バット、デルマパンゲ、Dr.ハインリッヒ、という並びだった。彼女らの「ファンタジーエピソードトーク漫才」を、女芸人の文脈で知ることとならなかったのは、今思えば幸福であった。

この三組は、それぞれ異なる感受性をもってエピソードトーク漫才を実践してきた。金属バットとデルマパンゲの場合、殺伐とした情景が、突飛で空想的なモティーフを含みつつ、ボケとツッコミの声色のはっきりしたコントラストでもって描出されていく。他方Dr.ハインリッヒの場合、話の内容から人間味や現実味はことごとく捨象され、空想が自力で歩き出すかのようである。彼女らの黒い衣装は身体を透明にし、ネタの言葉を浮かび上がらせる。双子であるがためによく似た声が組み合わさって、漫才は対話というより独話に聞こえることもあった。二人の意思のぶつかり合いが見えづらく、しばしば彼女らの漫才に採用される神話的モティーフの羅列と、彼女らのなめらかな発話の折り重なりは、相性がいいものと感じられる。「波動」「周波数」などのスピリチュアルな言葉がフリートークでよく飛び交い、タロット占いを動画やライブで披露することもあって、彼女らの美意識とお笑い観は、何か超越的な感覚に裏付けられていると印象付けられる。

Dr.ハインリッヒの漫才は、素人目にみればボケとツッコミというフォーマットはおろか、ダブルボケという設《しつら》えさえもほとんど過去のものとしているかのように見える。それは奇想の語りものである。ボケの役割の側（幸《みゆき》）から語られる不思議な話に対し、ツッコミの側（彩《あや》）は否定するでもなく、観客のためにパラフレーズすることもあまりなく、ときに話の内容を繰り返すなどして反応する。二人の掛け合いで奇想は時間が進むにつれ強化されていき、だが、時間になると特に脈絡もなく漫才は断ち切られるように終わってしまう。

ネタの中には、視覚的イメージと、歴史的に重みのあるモティーフとが、入れ替わり立ち替わり登場する。「みょうが」という漫才において、犬はみょうがであり、さらにしばらくすると香港返還というキーワードが登場し、この飛躍で筆者は笑った。言葉とイメージとの不思議な結び付きで、その奇想のもつインパクトに身をさらしているうちに、笑ってしまう。

彼女らもまた他の芸人と同様、アウェイの環境で仕事をしなくてはならないことがある。お笑いファン向けではないバラエティ番組に参加することはあまりないだろうけれども、テレビで漫才を披露すれば、普段彼女らを見慣れていない視聴者が他の出演者の芸と見比べることにもなるだろう。そうしたとき、彼女らとしても漫才や女芸人といったカテゴリー、つまりは他人と交通する経路をまったく持たないわけにもいかないのだった。

思えば、彼女らもM－1グランプリは準々決勝までしか進むことができなかった。二〇二〇年最後のネタは「独特の舞」と呼ばれる、動きを交代で披露し合う形式のものだった。あのとき彼女らは、せっかく衣装の力で透明になった身体を、軽やかな身体表現でもって再び浮かび上がらせねばならなかったと、筆者にはそう見えた。

人によっては、彼女たちを、パフォーマンスからではなく、インタビューやトークで知ることもあったのかもしれない。彼女らの、漫才や大喜利などのパフォーマンス、いわゆる「お笑い」は、今風に言うとかなり「クセが強い」。その半面、特にインタビューだと、良く言えば真面目である。金属バットのインタビューの受け答えがあまりにもでたらめなので、比較してそう感じてしまうというのもある。インタビューには「フェミニズム」という言葉も登場する。彼女らには、わきまえない、声を上げる漫才師という側面がある。

とはいえ、彼女らの経験、彼女らの不定形な漫才は生半可ではなく、消費者の思いを仮託できるようなものとは言えないように思う。Dr.ハインリッヒのことを愛でるようにして消費することは難しい。そもそも二人の関係性を消費するのが難しいのである。

彼女らのことを消費できるとすれば、ファンは、Dr.ハインリッヒというある種の不可侵領域の前に佇《たたず》み、彼女らのことを好きな自分という像を消費するくらいしかできないのかもしれない。彼女らがやっているのは、消費と無縁でいたい漫才のようにすら見える。それはある一部の、もはや商業ベースでは立ち行かないハイカルチャー領域の創作と同じように、閉じたコミュニティによる受容を前提にして、誤読も歪曲も許されないとされるもののようだ。だが、そもそも漫才は、誤読したり意味内容を歪曲して受け止めたりする対象だったのだろうか。もうそういう時代なのだろう。彼女らは漫才自体を新しいゲームに乗せることに成功しているようにみえる。それで、彼女らは自分たちのファンのことを「信徒たち」と呼ぶのだが、ある種のパロディー宗教を当人らが自覚するほどに広がりを欠いた受容については、少しだけ気がかりだ。

女芸人の時代。新時代の到来の予感は不安に満ちている。彼女らの非日常的な漫才を集中的に長時間見続けていると、かえって、女芸人一般の困難さについて考えを進めていってしまうのである。奇想は、現状に対する否定と現実的なものの欠如の表現でもあろうから。「この世にはね、伏線を回収しない物語があるのです。伏線は回収しないし、喜びもないし、悲しみもない。病もないし、老いもない。何もないんですよ」(漫才「砂漠」より)。漫才の中の言葉の数々もまた、因果関係を結ばず、ギリギリ残された漫才の形式感の中になんとか繋ぎ止められ、展開の面でみても予想は覆される。こうしてDr.ハインリッヒの表現は、抵抗し逃走するようにして生き生きとした表現になっていく。

「筆者はいつの間にか甘えていた。依存心だな、これは。安心しきっていた」

話を戻そう。金属バットの敗退を機に筆者は次のように思った。消費にお

3

けるファンの熱狂とは、ファン自身の価値判断を体系ごとシステムに委ねることなのだろう、と。

そもそも価値判断の体系というのは、天から突然降ってくるようなものではない。ファンであれ批評家であれ、個別具体的な作品・事象・経験を通じて、客観性なども考慮しながら自分でつくりあげていくものだ。だから、その過程でかかわってきたものに対し価値判断をすることは、どこかトートロジカルなところがある。それは、対象との母子密着的関係とでも言いたくなるような経験である。

価値判断は対象に依存する。対象に何か変化があれば価値判断は変化を被らざるをえないが、大抵、ファンは自分の価値判断の体系が傷つかないように行動しがちである。冷めて関心を失うか、また別の似たような対象に関心を移すだろう。別のジャンルに移動することもあるだろうし、特に反省もなく対象の所為にする場合もあるだろう。

近年のお笑いへの関心が、金属バットの漫才を見たことにより喚起された筆者にとって、金属バットは価値判断の体系の中心にいる。一番好きとかそういう問題ではない。というのも近頃では彼らの出演する動画もラジオもあまりつぶさにチェックしていないのである。それに、M－1グランプリで結果を残さなくても彼らのキャリアにとってはさほど問題ではないのだろうとも思っていた。だが、彼らが敗退したことで、自分の中で金属バットの漫才が、他の芸人に対する価値判断をも規定する存在となっていたことに改めて気が付いた。

　思えばM－1グランプリもAKB48もシステムである。ファンは、自分の価値判断を体系ごと、システムに委ねてしまう危険性を回避できない。「指原莉乃がAKBを終わらせた」などと言い始めるのは、システムの中で自分の価値判断が危機に晒されるときのことだったのではないか。その辺《あた》りの事情については前回、前田敦子と秋元康の存在を知らず知らずのうちに不問にする、AKB論壇の内部で働いていた心理機制を、父だの母だのと批判したのだった。それは筆者にとっても無縁ではないと今になって思い知らされ、打ちひしがれていた。

　筆者は少し前に収録されたポッドキャスト「THE SIGN PODCAST　お笑い地政学～氷と炎の歌～」において、「ヨネダ2000は私の中ではすでに優勝した」と発言したのであるし、またハイツ友の会については、宇野《うの》維《これ》正《まさ》の「ハイツ友の会は金属バットの女性版なのだと思っていた」という発言に対し、筆者はその考えをなんとなく受け流しつつ、「私はハイツ友の会の漫才を見ると、あぁ今日もまた漫才が始まらなかったと思う」「ハイツ友の会の漫才は、どこか漫才以前のところで成立するようなところがある」などと発言した。受け流したという事実は今振り返ると重要である。反省するに、金属バット／ハイツ友の会という対称関係を提示された筆者は、その見立てにピンとこなかったから受け流したのではない。まさにその対称関係を、対称関係の提示自体を、拒絶し抑圧したのである。そこにハイツ友の会以外の女芸人が代入されていたとしても、受け流したことだろう。筆者には、対象との母子密着的関係に異物が入ってくるのを拒んだようなところがあった。

筆者は、ヨネダ2000とハイツ友の会という二組のことを、Dr.ハインリッヒ同様、漫才の制度の成立条件を揺るがす表現力をもっていると思う。そういう趣旨で上記のように発言したのだが、これは誰もそうは指摘していないが、受け取りようによっては彼女らに対し侮蔑的ではある。筆者は、女芸人のさらなる周縁化に加担したようなところがあったのだ。

「ヨネダ2000は私の中ではすでに優勝した」という実感は嘘ではない。

去年のM－1グランプリの敗者復活戦で、ネタは「YMCA」を口ずさみながら寿司を製造する内容だったのだが、その発想力に度肝を抜かれたものだった。何より、他の芸人がパフォーマンスに自分たちの人生をかけているがために、舞台全体に重苦しい空気が漂うなか、二人の自意識のなさ、軽さは際立ったものに見えた。あの時、お笑いの中心に、外部がたち現れたと感じた。思い返せば、パフォーマンスの質について言えば去年からすでにヨネダ2000は金属バットを超えていた。それでも筆者の「ヨネダ2000は私の中ではすでに優勝した」という発言は、金属バットよりもヨネダ2000のほうが上だという価値判断を示したわけではなかったのだと思う。というのも、金属バットが中心にいないと、この価値判断はできなかったのだから。金属バットを好きじゃないと、ヨネダ2000のネタの素晴らしさをわかることはなかったと思う。それは趣味の問題に尽きるものではないし、両者の類似性とか技術論的な話で説明し切れることもないのだと思う。

価値判断の体系のうちには、何かが「中心」に、また別の何かが「周縁」へと位置付けられていく。「スタンダード」とそれ以外と言い換えてもよいかもしれないが、これは世間の価値観と一致するとは限らない。お笑い界でも「中心」と「周縁」の対立項は実際にまだ効力を失っていないのかもしれない。吉本興業と他事務所、男芸人と女芸人、正統派漫才と色物漫才、マスメディアとその他の媒体、等々。

金属バットはそもそも正統派とは見なされない、どちらかと言えばお笑いの「周縁」的存在だろうという気がする。しかしかつて「中心」的だったであろう、しゃべくり漫才の復権という側面をもつ漫才師でもあるだろう。ヨネダ2000もまた「周縁」的だが、もはやトラックメイカーとも見紛うほどに徹底的に音楽の形式によって漫才の形式を破壊している。彼女らは外部の「中心」の力を取り込んでいる、そうした「周縁」だ（彼女らがネタに取り入れる音楽は、ベタでなくてはならないように思える）。金属バットの「周縁」性は、形骸化を経て新たに生を受けたかつての「中心」であり、ヨネダ2000の「周縁」性は、これからの「中心」であるかもしれない、と思う。こうして筆者のなかで、「中心」と「周縁」の時間性とも言える契機が、両者を繋ぎ止めている。どのみち、「中心」や「周縁」の何たるかを、金属バットを軸に考えて、その後にヨネダ2000のことを当てはめているのには変わりない（筆者のうちで、「中心」は「ジャンル内在的」と、「周縁」は「ジャンル外在的」と言い換えられているのである）。金属バットの判断基準の機能を絶対化させるために、ヨネダ２０００という才能の到来を寿《ことほ》いだことは否めない。

そして、難しいものだが、あるものをスタンダードであると言っても侮蔑的になることはほとんどなさそうなものだが、それ以外を周縁であるなどと言うと、それをスタンダードなものの下に位置付けてしまったようなニュアンスが出てしまうだろう。特に、お笑い界において長きにわたってその度ごとに勃発していた、女芸人たちの孤軍奮闘を思い起こすに（それは、大御所の男芸人から受ける彼女らの容姿へのイジリを思い出すだけで十分だ）、女芸人を「周縁」へと振り分ける価値判断は、それ自体問題含みなものとなってしまう。彼女らの来歴ゆえに、女芸人それぞれを、「中心」と「周縁」の対立項を前提に、また好みの問題として片付けることはできない。しかし、かといって価値判断の体系を捨てろというのは無理な話だ。

またしても前回の話に戻ってしまうが、思えば、ＡＫＢ48というシステムはひとつの価値判断の体系に代替するものであった。このシステムへ積極的にコミットすることは、ファン各人のうちにある価値判断の体系をシステム

3

のそれに置き換えてしまうことでもあった。だからこそ、小林よしのりの大島優子に対する愛は端から見たら滑稽であるし、かといってこの滑稽さを愛すること一般の滑稽さとみなすことはできないのである。ファンカルチャーに関わるほとんどの人間は、筆者も含めて、あの頃の小林よしのりをそう簡単に笑うことはできない。

筆者は自分の価値判断を反省する。そしてこの反省は、とうとう金属バットがM－1グランプリの決勝に進出しなかったからこそ、可能になったものである。だが、自分の価値判断を改めるとは言っていない。その代わり、自分の価値判断のうちで、別のことを考えてみようと思う。

例えば、次のように。男芸人と女芸人とでは何か非対称的な関係が成立することについて（そもそも男芸人などという言い方は一般的に存在しない）。非対称であるがために、女芸人はあらかじめ周縁的で私的な表現の道を突き進むしかないのだとしたら。ハイツ友の会の漫才、あの感情を極力排した、毒気もある、ときに「いらち」でときにニヒルな会話のやり取りは、男性から見たら単に周縁的かつ私的なものとして片付けられて、それっきりになってしまうのかもしれない。筆者はハイツ友の会を見ていると、M－1グランプリで唯一決勝に進出した、ＯＬのアマチュア漫才師・変ホ長調を思い出しもする。そして、当時の審査員がほとんどまともに彼女らのことを取り合わなかったことも思い出す。それがとても嫌だったし、思い返せばその経験が女性の芸人に対する筆者のまなざしに決定的な影響を及ぼしたのではないかと思う。対象を取り扱う方法がないと、多くの場合対象を排除してしまう。対象が新しい方法を提示しているにもかかわらず。その点、何か新しい対象を見たいと思う気持ちは、少なからず欺瞞的だ。新しい対象を見たいと思えば、人は、周縁的で私的だと思えるものに、自分の価値観を外側から壊しに来てほしいと勝手に期待するものなのかもしれない。筆者は、金属バットを中心に据えた価値判断を、そうとあまり意識せずに続けているうちに、金属バットの存在を破壊するものを欲するようになったのかもしれない。

価値判断の体系を変えるなら、少しずつ、対象に何か思いを仮託することを避けて通るわけにはいかないのではないか。価値観のアップデートというのも、基本的には各人が身勝手にしかなしえないところがあるのではないか。それでもなお、「周縁」を「周縁」として、価値判断の事情から「周縁」を欲しないようにして、価値判断することは可能か。筆者は今、そういうふうにしてDr.ハインリッヒという漫才師をみている。実際には漫才をみて笑っているだけだ。

擁護されることで困難さは露呈する

筆者の抱く女芸人にまつわる苦手意識は、まず彼女らに対して行われてきた価値判断に起因する。芸人の言葉でも、部外者から仮託されるように与えられた言葉でも、息苦しさがある。

しかも、批判的であるよりも擁護するような内容のほうが、一層息苦しいのである。最初の例として、漫才コンビ・ナイツの塙宣之《はなわのぶゆき》が述べていた、女芸人の芸についての所感を挙げよう。

二〇一八年の『女芸人No.1決定戦 THE W』は彼氏いないネタばかりで、正直、観ていてしんどくなりました。

「私、今まで付き合ったことないんですよ」みたいのが始まると、僕は「その前にネタ見せてくれる?」という感覚になってしまうんです。

女性だからといって、容姿をいじるネタでなくてもいいと思います。僕らのように時事ネタを扱ってもいいわけです。女性で時事ネタをうまく扱ったら間違いなく目立つじゃないですか。そんなコンビいないわけですから。

事務所のネタ見せで「そんなんじゃ使ってもらえねえぞ」みたいに言われてしまうのでしょうか。だとしたら、気の毒です。

テレビは、イケメンの役者が来たら、女芸人にいちいち「カッコいいですね」と言わせるような風潮があります。僕は大嫌いなんですけどね、あれ。女芸人も内心は「そんなのいいだろ」と思っているのではないでしょうか。ただ、そういう圧力がある以上、本気でちゃんとしたネタを作れる女芸人は現れないと思います。

ちゃんとしたネタとは何かというのも難しいところですが、一つの定義として「他の人でも演じることができるネタ」と言うことはできるかもしれません。

（塙宣之『言い訳――関東芸人はなぜＭ－１で勝てないのか』集英社新書、二〇一九年、五七―五八頁）

第一線で活躍する芸人に、筆者のような素人が意見できるはずもない。ただ、単純な疑問がいくつか浮かぶので、それをもとに考えを発展させてみようと思う次第である。

まず、ネタにはどうやらヒエラルキーがあるのだろう、とここから汲み取る。時事ネタはちゃんとしたネタで、彼氏いないネタは、ちゃんとしていないネタなのだろうか、という疑問が浮かぶ。筆者は大会の趣旨がわかりかねるため当該大会を見たことがないからなんとも言えないが、彼氏いないネタに、そういう類いのネタ特有のつくりこみの甘さがあるというなら、プロが指摘しているのだからその通りなのだろう。当事者性が、そのままオリジナリティに転じるほど芸の世界は甘くはないのであろう。だが、仮にもし彼氏いないネタがこれから減少していくとして、そのことをもって女芸人の芸もレベルが上がったなどと誰かが言うのなら、その価値判断は疑わしい。レベルが上がったかどうかは、外部からのまなざしだけで決定できるものではないはずである。

上記の発言では「時事ネタを扱ってもいい」と提案されている。だが個人的には、女芸人が時事ネタで世相を切って笑いが起こる画が男性の芸人と同じようなものとしては想像できない。もちろん、どんなネタにも多かれ少なかれ何らかの時事性はあるが、ナイツが独演会でやるような、あるいは爆笑問題が年末に披露しているような、漫才全体が時事問題のみで構成されたものとなると、なかなかイメージしづらい。男女コンビである納言・薄幸《みゆき》が街に毒づいて笑いが起こるくらいが、現状では限界であるように思える。もし女芸人の時事ネタが受け入れられる余地があるのなら、元々お嬢様学校あるあるのフリップネタで人気を博し、現在では社会系YouTuberとして活動している、たかまつななはもっと人気が出ているはずだ。彼女の発言は時事ネタとしては受け入れられず（いつの間にか彼女は芸人とは名乗らなくなっていたようだ）、真面目に受け止められて炎上の火種にされてしまうこともあるようなのである。

それと、そもそも彼氏いないネタ「ばかり」だと言うなら、それは彼女らの間では「他の人でも演じることができるネタ」だと言うことはできないのか。確かに、「他の人でも演じることができるネタ」が含意するのは、ありふれた定番のことではないのだろう。台本だけ読んでもすでに面白い、面白さにある程度の普遍性、再現性があるもののことを言っているのだろう。だが、疑問は残る。彼氏いないネタに不足があるなら、それは必ずしも普遍性と再現性の問題とは限らないのではないか。

疑問が残ってしまうのは、「他の人でも演じることができるネタ」の含意するところを、要素を分解するように考えることが可能だからである。その要素には、普遍性と再現性の他にも、属人性を挙げることもできるだろう。「他の人でも演じることができるネタ」とは属人性の低いネタのことである、と。しかし属人性は程度と範囲の問題であって、コミュニティの性質から逆算して出てくるようなものだろう。芸人のホモソーシャリティとは、「他の人でも演じることができるネタ」が共有できる範囲付けのことなのではないだろうか。「他の人でも演じることができるネタ」は、男芸人と女芸人とで、そこまで簡単に共有できるものではないのではないか。身も蓋もないことを言えば、ナイツに彼氏いないネタができるとは想像し難い。そもそも属人性の問題で自分にできないネタを、普遍性並びに再現性がないかのように言いくるめているようにすら見える。

塙の発言は、読んでわかる通り基本的には女芸人を最初は批判しつつも全体としては擁護する趣旨にある。だが、注目すべきは、前半から後半に向けて擁護しようと発言を続けていくにつれ、男芸人の特権意識とまではいかないが、男芸人と女芸人との非対称性が浮き彫りになっていってしまうことだ。

さて、次の例もまた、女芸人を擁護する言説だ。前のものは異性の内部者から発せられたものだったが、今度は同性の部外者からのものだ。ライターの西森路代《にしもりみちよ》は論考「テレビ史から見える女性芸人というロールモデルと可能性」で、女芸人の活動から女性の社会進出のロールモデルを汲み取ろうとしたり、テレビ番組制作におけるジェンダーバランスの問題を指摘するなどしている。こうしたテーマ設定だと、芸の質の問題に踏み込まないため、もっと女芸人らしさを生かした番組制作を目指すべきといった提言が含まれてはいるにせよ、先の塙の発言に垣間見えたような男芸人と女芸人との非対称性は問題とはならない。男芸人と女芸人との非対称性について言及する女芸人として、ピン芸人・ヒコロヒーのことが本文では紹介されているが、それは、芸の次元ではなく言説の次元の話である。男芸人と女芸人との非対称性という困難さに突き当たらないと、その分女芸人の特殊性は、塙の場合と同様記述から削ぎ落とされてしまう。結果、一般社会の女性のロールモデルとして踏襲可能かどうかと、彼女らを検討材料へと移行させることが可能となっているように見える。

トリオの女芸人・森三中について、以下のように記述している。二〇〇〇年代、日テレ系で放映されていた番組「エンタの神様」をはじめとして、多くの、特にピンの女芸人がキャラ芸人として使い捨てられていってしまったと西森は記述し、その中で、それぞれの、結婚、出産、独身生活といったライフステージの相違が生じても解散せずに生き延びたことを、彼女らの特性として挙げている。

そんななかライフステージが違ってもいいという道を示したのが、一九九八年にデビューした森三中だ。彼女たちは、ネタ番組でキャラを消費されることがなく、それでいて三人の個性は社会に浸透していて、村上知子が出産で、大島美幸が妊活（妊娠活動）で休んでも黒沢かずこが一人でトリオを支えることもできた。こうした姿勢は現在、産休でメンバーの一人が休んでいる第七世代のぼる塾にも受け継がれている。

（西森路代「テレビ史から見える女性芸人というロールモデルと可能性」、青弓社編集部編著『「テレビは見ない」というけれど』青弓社、二〇二一年、六四頁）

森三中の芸能活動の履歴をどう捉えるかは、難しいところだ。たしかに、この前の段落で名前が挙げられている、にしおかすみこやエド・はるみほどに、消費されやすいポップなネタを彼女らがやっていたかと言えば、そうではなかったように記憶している。森三中というと、昔は硬派なシュール系コントをやっていた時期があったではないか。黒沢《くろさわ》かずこの一人での活躍だと、テレビ番組「ガキ使」での紙一重の才能の発揮を筆者は思い起こすのである（彼女はボンテージ姿で縄をまたいでいた。縄をまたぐ、とはなんであろう）。そもそもキャラがどうとか、そういう尺度で測れるかどうか微妙なところが彼女らの魅力だったと記憶している。彼女らの芸のプログレッシブな側面はもう少し積極的に思い起こされてもよいものと思うのだが、他方、テレビ朝日系列でゴールデンの時間帯に放映されていた「いきなり！黄金伝説。」の「1ヶ月1万円節約生活」の企画で、三人のうちでもとりわけ村上知子《むらかみともこ》が、家庭料理の卓越した腕前を披露するなどしていた。その時彼女ら三人の姿は、慎ましやかで家庭的なイメージで消費されうるものであって、これが社会に個性として浸透していったことだろう。尖った芸風か家庭的なパブリックイメージかという両極の中で、生き延びる方向性を模索しているようにみえたら、人々はその姿にロールモデルを見出すのかもしれない。だがそれは一般社会の女性たちにとって、どれほど可能なロールモデルなのかはわからない。

ロールモデルとして捉える。だから常に、ロールモデルとして称揚されえない何かは度外視されてしまうことだろう。筆者の脳内にある女芸人にまつわる断片的な記憶は、今現在の女芸人に関する言説にはまったくピックアップされておらず、インターネットで検索をかけてみたところでもはや覚束ないので、自分の記憶が嘘だったのではないかとだんだん自信がなくなっていくほどである。鳥居《とりい》みゆきが二〇〇八年の「R-1ぐらんぷり」決勝で披露したコントは、とても組み立てが理路整然としていて、当時彼女が多く披露していたピンネタとは一線を画すものだったことも、記憶のうちにある。阿佐ヶ谷姉妹はもうすっかりシスターフッド的とみなされているきらいがあるが、あのピンク色の衣装は、そもそも由紀《ゆき》さおり安田《やすだ》祥子《しょうこ》姉妹のものまねから彼女らが認知されていったという来歴を示すものでもある。阿佐ヶ谷姉妹については次のように記述されている。

ほぼ同年代の両コンビは、アラフィフで独身。トークやネタでもオバさんのリアルを隠さず、とても明るくこの年代の生き様を見せてくれる。［……］ある意味で、完璧な姿を崩さずにすてきなライフスタイルを見せる女優よりも、彼女たち女性芸人のほうが、現代のオルタナティブなロールモデルを示しているように見える。

（前掲書、七〇頁）

確かに彼女らは、オルタナティブな芸人ではある。それこそ属人性がそのまま武器になったかのような芸人だ。筆者が記憶しているのは、彼女らが「THE MANZAI」の認定漫才師を集めたネタ番組で、保険の窓口のネタという彼女ら以外には到底できそうもない、「他の人でも演じることができるネタ」の対極にあるもので雛壇の芸人たちを大いに沸かせたことだ。彼女らの真価は芸の革新にあると思う。属人性を煎じつめて、男芸人も女芸人も、両方を圧倒しているように見える。あれは確か去年のM－1の一回戦、彼女らが披露したネタの趣旨をかいつまんで言うと、「私たちは出産はおろか結婚もしていないが年齢的には孫がいてもおかしくないのだから、理想の孫を互いに発表し合おう」といったものだった。そのネタの強度、芸人としての矜持に、筆者は圧倒されるばかりだった。確かにネタの題材を取り出せばオルタナティブなロールモデルを示している、とも見えるだろう。しかし、どれほど踏襲可能なものかはわからない。筆者はあの時の阿佐ヶ谷姉妹が怖かった。

さて、塙宣之と西森路代の言葉の両者に、何か共通の問題点があるようにも思うのだ。前者は女芸人を男芸人並みの水準に引き上げようとする態度で、後者は女芸人から何かしら美点を取り出す態度だ。両者の言説においては、女芸人の特殊性や、そもそも女が笑われるとはどういうことかなど、そういう根本の問題に光が当たっていないように見える。

女が笑われるのは女がまったき他人だからではないのか。そこにあるのは、まったき他人をつくるまなざしではないか。人は自分とは関わりのないことでないと、そうそうお笑いを笑うことはできない。共感の笑いもまた、あれは自分の身から出た垢のように出来事がぽろぽろと言葉となって落ちていくのを、笑う人間は喜んでいるように思える。ひとりで抱えなくてもよくなった解放感の笑いに思える。

女が女として笑われるなら、彼女らの疎外を承認するような了解がとりつけられてはいないか。この、笑う側の実行する疎外の承認は、笑う対象の性別には直接依存しないようでもあるのだが、なぜか対象が女芸人のときに限って自覚されてしまうような気がする。それはやはり、彼女らが彼女らでしかないという、強い記名性ゆえ、ネタの「普遍性」「再現性」の低さゆえのことかもしれない。ネタだけを笑うことができず、彼女らの存在自体を笑うことになるのだから。

女性は女芸人と連帯できるのか。彼女らの芸に即して彼女らのことを笑ったら、それは、私は彼女らとは違うということに安堵する場合があるのではないか。特に「周縁」度（この場合の「周縁」は属人性と言い換えられるだろう）が高ければ高いほど、笑ったら彼女らを疎外してしまうことにならないか。ブスいじりがなくなってきたことを喜び、倫理的にアップデートされたと喜んでいるだけならそういう人間ほどお笑い界全体にとっては思うつぼだろう。女芸人のためには、いや、お笑いを見るなら、実際にはもっと細やかな図式が必要だ。

真に、女芸人とは、疎外と自閉の道のりを歩んできた者たちのことではないだろうか。同時に、しかしながら、疎外と自閉によってまさに表現の幅を広げてきた者たちのことでもあるのではないか。「周縁」にいたきり、「中心」へと帰ってこないことが、そのことで「中心」に自分の表現を簒奪されまいとすることが、女芸人にとっての「自由」であり続けてきたのではないか。

筆者の脳内の記憶。二〇一六年以降Amazon Primeで配信されている「密室笑わせ合いサバイバル」番組『HITOSHI MATSUMOTO Presentsドキュメンタル』のシーズン6は、女芸人が結託して男芸人を笑わせる展開となった。特に、友近《ともちか》とゆりやんレトリィバァは、二人だけの世界観に閉じこもっていく。

Dr.ハインリッヒの漫才中に感じる仄《ほの》かな動揺は、彼女らの奇想の質の高さにのみ由来するのではなく、歴史的に、他の女芸人たちの孤軍奮闘でもたらされたものでもあるはずの疎外と自閉とが、彼女ら自身の表現へと、言い換えれば彼女らのやりたいことへと、すっかり転換されているように見えるからこそ、感じられるように思うのだ。

あるインタビューの終わりに、幸は「守りたいものは、魂ですよね。自分の魂、それは自分そのものやし。その魂と呼んだものをもうちょっと具現化すると、ランドセルを背負った小さい女の子なんですよ。……その子がつまんなそうにしているんです。その子を笑かさなきゃ、なんです。で、そのつまらんそうにしている女の子って、要するに自分で。そういう女の子は地球に半分おるわけです」(「女芸人の今」二〇二二年一月二九日、文春オンライン)と答えていた。筆者はその言葉の意味を考えている。自分自身の少女性のための人工空間の中でこそ、彼女らは自然でいられるのだろうか。そしてどうか、どさくさに紛れて外側から主体性を簒奪されませんように、と筆者は勝手に懸念するのである。

大抵「中心」が問題となる

すべて、本当に彼女らの主体性によるものならば、何も問題はないのだ。だが、誰しも共同体から行動を規定されるのを、避けることはできないはずだ。純然たる主体性など幻にすぎないはずなのだ。

女芸人の時代が到来するなら、それは同時に男芸人の危機の時代の到来でもあるのではないか。近頃では、男らしい芸人が好んで消費されることは少なくなったのかもしれない。天下を取り、MCで場を回し、ひな壇にいる若手芸人をどんどんイジっていくような男芸人のことを、仮に男らしい芸人と言うならば。それは価値観のアップデートだと一方的にもてはやされるきらいがあるが、価値観が難なくアップデートされるなんてことは考えにくいし、アップデートされるとしたら、それは闘争状態である。闘争はきっと内密裡に進行する。その際犠牲になるのは、アップデートを遂行しているともてはやされるきらいやされている側なのだと思う。オーセンシティとはマスキュリニティのことであるなら、多様性の時代とは（M－1グランプリは、マヂカルラブリー優勝以降はもう、漫才の正統性を問う大会ではなくなってしまったのかもしれない）、オーセンシティとマスキュリニティの生存戦略がむしろ主導権を握ることにもなりかねないだろう。それは、女芸人がオーセンシティとマスキュリニティの生き延び先を引き受けるか（ヨネダ2000のネタを見て、筆者はこれからの時代はストロングスタイルのネタはむしろ女芸人がやっていくことになるのかもしれない、と思った）、それらと何か相補的なものを宿すようになるか、あるいはもっとも悪いのは、それらがのうのうと生き延びるために、何か免罪符にさせられてしまうか。

お笑い界における「中心」の問題を考えるにあたって、賞レースのことは無視できない。賞レースはもはや、笑わせるためにやるよりも、笑わせるための技術それ自体を披露する場になってしまっているのかもしれない。審査されるために、よりシャープに最適化された芸人の芸ばかりになってしまった。

その最適化と相補的に、賞レース的でないもののもまた行き渡っている。それは関係性の笑い、とでも言えるようなもののことだ。ファンが、芸人から直接笑わせられることを欲するのでなく、楽しそうに芸人が関係構築している場面に居合わせ、一緒に笑うことを欲するような類いの笑いのことだ。

主体性が簒奪されるように、主体的に振る舞ってしまうという事態を、もう二年も前のことであるが筆者は見た。フジテレビ系列の番組枠「土曜プレミアム」で、二〇二〇年一〇月二四日に放送されたバラエティ番組「まっちゃんねる」は、「松本人志が提案する超実験的お笑い企画」と銘打って、三つの企画をお茶の間に提供したが、その内の一つが『女子メンタル』であった。

『女子メンタル』は、「ドキュメンタル」を女性バラエティタレントにやらせてみる、というもの。松本がテレビではやれまいとわざわざAmazonプライム限定の配信番組で設定した諸々の試みを、若い頃松本が自らの笑いにとっての天敵であるとし嘲弄していたであろう「女子供」らが実行する。事前に打ち合わせもあっただろうが、出演者の女性バラエティタレントたちはみな、銘々自分なりに「ドキュメンタル」でありそうなことを模倣する。声優・金田《かねだ》朋子《ともこ》の一連の破天荒な振る舞いは彼女の友人でもあるというハリウッドザコシショウのそれを髣髴とさせるものであったし、浜口京子《はまぐちきょうこ》の小窓の使い方や、ファーストサマーウイカの用意してきていた小道具もまた、既視感があった。

ただ、もっとも意義深いのは、彼女らのそういった努力が――単なる見かけの模倣が――本来「ドキュメンタル」では生じたかもしれないような展開を引き起こさなかったことにある。『女子メンタル』終盤、彼女らはストッキング相撲を遂行する。しかしながら、頭にかぶったのはよいものの、ストッキング相撲のルールなど、誰も知らないのだ。それだからただずるずると時間だけが過ぎていく。終わらせ方がわからない。――終盤万策尽きて、ストッキング相撲などというきわめてエチュードにも近いような装置に頼らざるをえなくなる、あの「ドキュメンタル」で伝わってくる芸人たちの絶望感を、彼女らは模倣することはできない。

松本は笑う。しかし、一体なにをそんなに笑っているのだろう。自らが立案した制度・ルール・装置が首尾よく機能せず、壊されて別物になっていくのが、そんなに可笑しいのだろうか。女子供にお笑いはわからない、というのを、女子供自身に主体的に実証させているのだと思った。主体性は簒奪される。度外視できないのは次のことだ。「周縁」を笑うことで「中心」の優位性をそれとなく知らしめ、自らにもそのように納得させている、ということ。『まっちゃんねる』において提案した実験にあっては、松本は、自らの制度内に安住し、そことの距離を感じるがゆえに、笑うのである。結局のところ『女子メンタル』において女性バラエティタレントたちは客体だ。主体なのは松本が生み出した制度の方だ。制度とそれを産み出した自我に、率先して機能不全をきたすように実験を設定することで、「中心」は守られていく。

Dr.ハインリッヒの漫才を見に行く

しかし、杞憂に終わる気もしている。

きっと彼女ら二人は何ものにも与しないだろうし、「中心」へと助けに来てくれるわけでもないだろう。そうであるならそれはきっと、真にシスターフッドの為せる業だ。シスターフッドは義理人情とは異質で、もっとドライなものではないか。理念の共有を遮断し、責任の主体となるのを回避する関係構築ではないか。それは総崩れになりにくいがためにブラザーフッドよりも良いものと見做されうるかもしれない。

Dr.ハインリッヒの漫才を見ることとは、「周縁」に対して事柄に即した価値判断を行うことだ。「周縁」を「中心」と比較するのではなくして、まさに「周縁」であるその在り方に即して、価値判断せねばならないだろう。「周縁」に対する価値判断としてできることのひとつは、当事者性が芸へと短絡されていくのを批判することだ。短絡ではないということ、芸であるということは、他人の芸に対し影響を及ぼすものである、ということだ。ファンにとっても、他の芸人に対する見方が少しでも変わるということだ。

Dr.ハインリッヒの漫才を見に行った。「ドクターライブ」という、Dr.ハインリッヒとツートライブの二組の漫才師のライブだった。行ってみてわかったが、Dr.ハインリッヒの場合、疎外と自閉は、孤立のことではなかった。彼女たちは、ツートライブと、同じゲームで競い合っていたのである。お笑い

3

のための言葉は、他のお笑いからまず第一に汲み取られるべきである。基本的なことを再認識した。

筆者はツートライブという漫才師の魅力を、このライブを見て初めて発見した。彼らのことをM−1でしか見たことがなく、それはわかりやすいボケの手数の多いネタで、特にボケの周平魂《しゅうへいだましい》のイキリキャラはポップであった。しかしこの日の長尺のネタでは全く異なっていた。彼らは、Dr.ハインリッヒに劣らず、奇妙な物語を紡ぐ漫才師である。ネタは、周平魂がツッコミのたかのりに、実はここ数年音楽活動をやっていた、と告白する内容だ。それは、「無音」という新しい音楽ジャンルをつくりあげることになった、であるとか、フジロックに出演するに至った、など明らかに嘘とわかる内容だが、ツッコミが根本を否定せず、かといって嘘とわかってにやけることもなく、絶妙にディテールを確認するなどして本筋を壊さないようにするため、嘘は加速していく。その奇想に、一時悲鳴が上がることもあった。ギターに弦ではなく白髪を張る、という表現にである。すかさずツッコミがその悲鳴を「ねぇ」と言って拾い上げ、会場に一体感が生まれていった。

Dr.ハインリッヒのネタは、たとえ話の体裁をもつものだった。ピンクの玉と黒い玉とがある。これらはスーモのようにふわふわしている。ピンクのほうを持つと人は「えへへ」と笑い、黒いほうはちょっと嫌な気持ちになる、という。隅に捨てられた黒い玉のほうから、ピンクのほうに飛んでくることがある。それは、ベートーヴェンである。

ふわふわの玉という視覚的イメージからベートーヴェンというある種重厚感ある固有名詞に移行したとき、筆者は笑った。

ネタは、幸が「これが何のたとえ話か先にバレてしまったとしたら、恥ずかしい」という心情の吐露と、それに対する、彩が「誰もまさかミートソーススパゲティの話とは気づくまい」と指摘することでもって、閉じられた。それは筆者にとって初めて、彼女らの表現がわかったと思えたような瞬間だった。そんな正直なところに、彼女らの大事な部分があるとは思っていなかった。そのやり取りを見ていて、筆者は彼女らの漫才にはじめて出会った。ふとした瞬間に顔を覗かせた無垢な表現は、その強度は、それの簒奪されえなさというのは——強い表現だった。その強さは、ネタを構成する言葉の強さよりも、ずっと強かったのである。

4

「丸サ進行」と反復・分割の生

本章には「丸サ進行」を使用した楽曲が多数登場する。「Webちくま」の同名記事には音源へのリンクが記載されているので、曲を聞きながら読みたい人は、合わせて確認してほしい。
https://www.webchikuma.jp/category/ainoaru

音楽を聞くのは大変である

近頃、音楽を聞くときほど自分の身体が邪魔になることはない。自分の身体が邪魔になるとは、自分自身に蓄積されている古い聴取経験が当てにならないという意味である。最新の邦楽曲を追うことをサボって、ぼーっとしている間にもうすっかり状況は変わってしまった。人間、メディアに対する最適化をサボるともう一度追い付くのはたいへん苦労のかかることだ。筆者はもうテレビを見ないから、テレビに組み込まれている手法や文法が今現在どうなっているのかわからなくなってしまったが、全く同じ状況が音楽聴取においても起こってしまった。

最初ＹＯＡＳＯＢＩの「夜に駆ける」を聞いたとき、うっ、となった。サボったつけが回ったものだと痛感した。息苦しい。展開がない。いや、展開がないわけではないが展開に必然性が聞き取れない。あらかじめ打ち込まれた音を追いかけるように聞くしかなく、音ゲーのような聴取をしてしまう。なぜその調性に転調できるのか理由のよくわからない転調は、これを歌う人間を戸惑わせもするだろう、と思ったものの近頃ではもうこれくらいのことが普通のようだ。ベロシティの平板なピアノロールと、ボーカルトラック（もう声とかボーカルとかと言うよりは、他と同様トラックと呼びたくなるほどに、伴奏に対する特権性がない）がいずれも譜割りが細かく、絡み合っているというより音程的にぶつかりやしないか聞いていてヒヤヒヤする。煩雑な印象を抱いてしまうが、近頃のＪ－ＰＯＰはこれくらい煩雑なものでないともはやかっこいいものとして聞こえないのかもしれない。単純に、これをうたう人間に対するホスピタリティーが欠けているように感じられるが（前奏もないのにあんな凝った歌い出しの音程がとれるのだとしたら、日本の音楽教育の成果は本当に素晴らしい。これは嫌みではない）、人間味のなさこそJ－POPにおけるヴィルトゥオージティ（名人芸）のことなのだと思って、無理矢理納得するしかない。

うっ、となった理由は、何よりこれが「丸サ進行」によりつくられた作品というところにある。椎名《しいな》林檎《りんご》の「丸の内サディスティック」という曲が、コード進行だけ取り出され、作品の一部をなす、ただのループ素材に変わり果ててしまっている。その現実は何か直感的に受け入れがたいものがあった。作品が参照され、作家自身も誰々から影響を受けていて、などと語ることがあっても、こうやって単に素材として切り詰められてしまうばかりなら、何かが不均衡だ。それくらいの直感である。

そして、それでもこういう息苦しくて展開がない音楽が、今の若い人の生の感覚にぴったりくるのだろう、というのもわかる気がする。それらは、規格外であることを志向する動機が社会のうちにない現実の、写し絵のような音楽だ。都合よく音楽が分割されたり（他の音源を引用する手法もすっかり定着した）、反復で音楽が満たされたりするのを聞くと、そのとき音楽は生のアナロジーのように感じられもする。何事も、あらかじめ奪われるべく生まれ、根本的には変化しないのである。だがこうした発想自体が保守的な聴取態度に則ったもので、まだそんなこと言う人いたんだなと思われるだけなのかもしれない。一部の「丸サ進行」曲を聞いていると、音楽の素材をかつての文脈を度外視して使用するとか、素材を反復していれば展開しなくてもよいとか、音楽制作に留まらず異業種へと目くばせできるとか、そういうふうに、自他関係の抵抗がなくなった状態こそ、音楽にとっての自由に他ならないと言われているように感じられるばかりである。その時その音楽の内部では、自由という概念が切り詰められてしまっている。音楽にとっての自由は、自らを拘束してくるものに対し向き合い、優位になることから始まるものではないのか（こういう自由について、本書では一貫して言い続けているつもりである）。

これは音楽批評にも責任があるだろう。洋楽か邦楽か、アメリカか日本か、グローバリゼーションかローカリゼーションか、自分語りかアーキテクチャか、などと外／内の図式で批評家や創作する者など、そういう人間たちの言い争いの場を提供するばかりで、作品そのものへ沈潜する方法を提示しようとしてこなかったつけが回ってきているのではないか（もちろん、作品そのものへ沈潜する方法が主題化された労作がひとつも存在しないわけではない。

細馬宏通《ほそまひろみち》『うたのしくみ』など)。そもそも批評の側が作品そのものへ沈潜する方法を実践したところで、それが創作の側にどれほど影響を与えられるかは心もとないが、サボっているのは筆者だけじゃないと思う。

「丸サ進行」の基本的な話

「丸サ進行」、またの名をグローヴァー・ワシントン・ジュニアの作品名から取り「just the two of us 進行」とも言う。テンションノートなど諸々簡略化して言うと、VI－V－I－III、VI－V－I－VII、あるいはVI－V－I－Iを反復させるようにして使う、短調のコード進行(Iがマイナーコードとなる)のことである。これは飽くまで目安で、もうすでに多数の派生形、類似形があり、これらとの組み合わせやその他のコード進行と共に用いられていることが多い。おそらく今日技術的に最も先進的な「丸サ進行」曲は、星野《ほしの》源《げん》「喜劇」なのではないかと思う。これは、単純な反復がなく、もはやほとんど「丸サ進行」に聞こえないほどである。実のところ、「丸サ進行」楽曲群は、一九九九年に発表されたオリジナルの「丸の内サディスティック」とのつながりをもはやほとんど失っているように聞こえる（そもそもコード進行が同じだけで、作家本人としても参照先だと思っていない場合がほとんどかもしれない）。これについては音楽界の潮流が、作者である椎名が標榜した「新宿系」の後を継がなかったのも、その一因として挙げられるのではないかと思う。ここ数年隆盛を極めている潮流をいくつか思い出しても、それはシティ・ポップ、K－POP、ラップ・ミュージック、四つ打ちのダンスミュージック系統などといった具合で、「丸の内サディスティック」はぎりぎりシティ・ポップの範疇に触れるかどうかだろう。

そうした「丸サ進行」だが、この素材の特性として第一に挙げられるのは調性感の不確かさだ。「丸の内サディスティック」ではAメロの後半はVI－VII－IIIとなり、一時的に平行調である変ホ長調に転調しているようにも聞こえる。ただこれを転調ととるかは微妙なところで、というのも、こういうところにこのコード進行の表現の特徴がある。VI－V－I－IIIの場合は特に、I以外がメジャーコードになるので（例えばハ短調が主調とすると、A♭、G、

Cm、E♭となる)、つまり短調の曲であっても聞こえてくるコードはメジャーの響きのものが大半を占めることから、長調とも短調とも言い切れない感じがする。この調性のどっちつかずの浮遊感が、「丸サ進行」の基本的な性格だ。

次に使い方に関して、「丸サ進行」の優れたところは、これをループさせればひとまず曲として成立するところだ。この点がまさに隆盛を極めた理由に他ならないだろう。誤解を恐れずに言えば、急にこのループから始めて、よきところでフェイドアウトさせればそれで曲となる。飽くまで楽式的見地からではあるが、極端な場合曲の始まりと終わりを書く必要がない(だからやはり、「丸サ進行」の曲には前奏なしでいきなり歌が入るものが多い)。つまり、音楽で展開をどうするか考えなくても曲が作れるのである(もちろん、単純にループさせるだけにしたらその分、退屈にならないように音色やミックスの工夫でどうにかしなくてはならなくなる)。この点は、テクストありきの創作と相性が良い理由であろう。「小説を音楽にする」というコンセプトに基づき創作するYOASOBIが「丸サ進行」をはじめとするループ系のコード進行を多用するのは、当然のことだ。

他方難点もある。テクストに細かい音価の音をつけていって、ポエトリーリーディングに音程をつけたようなものとは相性が良いが、その反面、印象的なメロディーラインを作ろうと思うと少し工夫が必要となる。tofubeats「水星（feat. オノマトペ大臣）」のサビの歌い出しは、「めくるめく」の「めく」の音がハーニで伴奏の嬰ハと一瞬ぶつかるので、あんまり気持ちよくない。この難点は「水星」「今夜はブギー・バック」の二曲を足したアレンジ楽曲「水星×今夜はブギー・バック nice vocal meets Yuri on ICE」では解消されている。「今夜はブギー・バック」のコード進行と揃えて、「丸サ進行」ではなくなっているからである。

印象的なメロディーラインを効果的に聞かせるなら、フィロソフィーのダンス「シスター」や(sic)boy「Afraid?? feat. nothing,nowhere.」のように、ところどころコードの鳴っていない空白を作っておくなどの工夫が必要である。

まとめると、「丸サ進行」はどっちつかずのニュアンス、展開のなさという二つの特性を基本的には持つものである。そして、メロディーラインが少し書きづらいという難点があるものの、基本的には便利な道具である。こうした点が、近頃の若い感受性と相性が良かったのではないかと思う。VI－V－I〜に似たループ系のコード進行のうち、VI－VII－I〜もよく使用されている。これも含めて「丸サ進行」と呼ばれる場合もあるかもしれず、厳密な定義はないようだ（厳密に「丸の内サディスティック」と同じものとなると、ほとんど存在しないことになるから）。この原稿ではVI－V－I系統とVI－VII－I系統は別のものとして扱うことにした。どちらが使われているかで作品のニュアンスが変わってくるのであるし、それにこの両方を組み合わせると新たに表現を獲得できる。

「丸の内サディスティック」と「丸サ進行」との間に、どういう音楽史の発展があったといえるのか、この原稿では詳しく立ち入る余裕がないが、重要なアーティストとして、相対性理論について言及するに留めよう。VI－VII－I系統の「シンデレラ」と、VI－V－I系統（丸サ進行）の「気になるあの娘」が、昨今の「丸サ進行」楽曲群の先例とも言うべき存在なのではないかと筆者は考えている。

「シンデレラ」は前奏とAメロがIV－V－I－IIIで、Bメロ、サビがVI－VII－I－IIIとなる。テンポはまったりしているが、同じコードの反復が歌詞にある「2ストロークのエンジン」の駆動を象徴しているようにも聞こえ、全体としては先へ先へと進んでいくような音楽である。加えて、歌詞の内容としては「夜」の表現になっている点も、最近の「丸サ進行」作品と通底するところだ。Ado「夜のピエロ」、imase「NIGHT DANCER」など、「丸サ進行」には夜の心情をうたったものがとても多い。

「シンデレラ」と「気になるあの娘」を聞き比べると、VI－VII－IよりVI－V－Iのほうが逡巡の表現に向いているのがわかるのではないかと思う。VI－VII－Iは前進であり、VI－V－Iは停滞である。興味深いのは、「気になるあの娘」は最後のサビの反復だけVI－VII－Iになることだ。「気になるあの娘」を巡る逡巡は、最後ほんの少しだけ意識が先へと向かう（だが、そうなる理由は明示されず、依然として最後まで「気になるあの娘の頭の中」は謎のままで終わる）。この細かなニュアンスの変化が、この作品に生き生きとした感じを与える。

VI－V－I系統に留まらないことが、オリジナルである「丸の内サディスティック」と比べたときの「丸サ進行」作品の特徴と言えるだろう。だが、VI－VII－I系統とVI－V－I系統のどちらも、通り過ぎるか立ち止まるかという違いがあっても、何らかの対象には深く入っていかないようなところがある。「気になるあの娘の頭の中」は「わりと普通」であって、それ以上ではないのである。そこから先の展開は、なぜかタクシーを飛ばしてどこかへ行ってしまうので、描かれないのだ。「丸サ進行」をはじめとするループ系のコード進行には、歌詞の内容にあらわれる対象に対する、あるいは自分自身の抒情に対する防波堤の役割があるのかもしれない。

問題は「ウェルメイド」性に対する解像度と、具体的にアーティストそれぞれがこれにどう向き合っているかである

そういうわけで、ひとまず「丸サ進行」の基本的な用例と性格とを押さえておいた。そして、相対性理論の実践により「丸サ進行」の隆盛は準備されていたと、例としては不足しているが一応言ったこととする。こうして前段階があったのだから、その帰結としての作品に、息苦しいとか展開がないなどと文句ばっかり言っていてもしょうがないのである。

他の人の意見を基にもう少し具体的に考えていこうと思う。長年日本の音楽産業を見守ってきた、佐々木敦《ささきあつし》の時代診断もまた若干ブルーである。佐々木は、二〇一〇年代後半以降のポップミュージックの動向の特徴として、「センス」型から「学」型への移行という見立てを提示している。

日本のポップミュージックの新しい担い手たちが、そうした言うなれば「ちゃんとした音楽理論」に支えられていることは、基本的に良いことなのですが、同時にある種の問題を感じてしまう時もあります。つまり、ものすごく良くできている。しかし踏み外したところがない。破綻がない代わりに、過剰や異様な部分もない。聴き手の期待や予想をはみ出してくる部分がないわけです。そうした在り方の対極に、一部のシンガーソングライターや、アイドルソングの作曲に多いものとして、ものすごく無理な転調をしたり、どう考えても繋がらないだろうというパーツ同士を無理やりつなぎ合わせたりするケースもあります。ですが、全体的には「こういうふうに始まったらこういうふうな展開にならざるを得ないよね」という、危な気がなく、ウェルメイドな楽曲が増えているという印象はぬぐえません。

（佐々木敦『増補・決定版　ニッポンの音楽』扶桑社、二〇二三年、三一四―三一五頁）

補足すると、上記の「日本のポップミュージックの新しい担い手たちが、そうした言うなれば「ちゃんとした音楽理論」に支えられている」という文で念頭に置かれている事態は、King Gnuのメンバーや、額田《ぬかた》大志《まさし》、網守将《あみもりしょう》平《へい》といった芸大出身者の活躍である。あとは川谷絵音《かわたにえのん》の名前も挙がっている。反対にこれの対極として上げられているのが、相対性理論である。曰く「相対性理論は、アマチュアリズムの突然変異みたいな存在でした」（前掲書、三一六頁）。

個人的には、川谷絵音の作曲にはかなり変わったところがあるとは思うのだが、「ちゃんとした音楽理論」の範疇にあるのは同意する。「ちゃんとした音楽理論」によって過剰にも異様にもなれる可能性が開かれていくのではないか、とは思うがこれは筆者の立場である。また、相対性理論の作品には、この原稿の少し前に「丸サ進行」の実践の先例としての位置付けを与えた。過剰さや異様さがあるものでも、その後続へ理論を提供する役割を担う場合があるのではないか、とも思うが、そもそも相対性理論の作品にある「抜け感」「奇形性」(同箇所)については筆者も同意するし、多くの人もそうだろう。こうした相対性理論の表現の謎は、後続へと引き継がれたかと言うと、そうではなかっただろう。

筆者は上記の佐々木の主張に基本的には同調し、この主張からもう少し発展させようと試みている。上記の引用で「丸サ進行」楽曲が念頭に置かれているかどうかはわからない。だが、「丸サ進行」楽曲は「危な気がなく、ウェルメイドな楽曲」に類するものだろう。聴取の面では、「この曲も丸サ進行か、最近多いな」と思えるほどに、量的にも質的にも「ウェルメイド」、つまりは紋切り型のものに聞こえる。作曲の方法としてもこれはまた、決まったコード進行を単純に反復させるという基本的な用法において「ウェルメイド」である。他の曲との比較でも、一つの曲の中の位置関係の上でも、「丸サ進行」という素材自体は代替可能なものに聞こえる。

一番気になるのは、「「こういうふうに始まったらこういうふうな展開にならざるを得ないよね」という、危な気がなく、ウェルメイドな楽曲が増えている」という部分だ。「こういうふうに始まったらこういうふうな展開にならざるを得ないよね」と聞くことと、その楽曲がウェルメイドかどうかは、別の次元の話ではないか。ウェルメイドな楽曲でなくても、音楽は「こういうふうに始まったらこういうふうな展開にならざるを得ないよね」と、予想したりその予想が裏切られたりしながら聞くものだと筆者は思う（もちろんそうではない聴取態度もあるものだ）。筆者の方向性は、聴取の次元と作品のつくりの次元をなるべく切り分けることで、昨今の「ウェルメイド」性に対する解像度を上げることにある。

実際「丸サ進行」楽曲群をいろいろ聞いていると、「ウェルメイド」なのもそれほど楽ではないのだな、と思う。まさに「ウェルメイドな楽曲」であるばっかりに、「こういうふうに始まったらこういうふうな展開にならざるを得ないよね」という予想をいかにかわしたものか、苦心の痕跡が作品に刻まれているように感じられる。「丸サ進行」作品は、結局のところ苦心の連続である。技術的な面で、「丸サ進行」のウェルメイド性を引き受けたら、便利な道具に過ぎなかったのにそのまま枷《かせ》となってしまう。他のものと一緒ではいけない、という意識が、曲を作り終えるまで拭えないものとなっているのだろう、と聞いていて思う。

「丸サ進行」という素材は「ウェルメイド」である。曲全体を「ウェルメイド」でないものにしようとするなら、作り手は細部にきめ細やかな工夫を施す必要があるだろう。なとり「Overdose」は、ボーカルに、エフェクト、重音、コーラスと、聞いている者を飽きさせないように様々な加工が施されている。工夫はこうした音色の変化のみならず、楽式の点で施されることも多い。Kanaria「エンヴィーベイビー」はBメロに入ると、コードの切り替わる間隔が倍になり、ボーカルにコケティッシュな歌唱が可能となっている。「丸サ進行」を部分的なアクセントとしてあしらうに留める例もある。すりぃ「エゴロック」には、前奏と間奏に「丸サ進行」があしらわれている。反対に、「丸サ進行」ではないものを急に差し込んで、聞き手の注意をひく手法もある。ヨルシカ「月に吠える」の後半部分には、「丸サ進行」が使われていない、少し恐ろしい部分がある。

しかし多くの場合、「丸サ進行」作品の工夫は、単に飽きさせないためのものに留まっている。だから、形式的にも内容的にも「ウェルメイド」性を引き受ける力のあるアーティストが、今の状況においては優れたアーティストと言えるのではないか。

「ウェルメイド」性を技術的かつ内容的に最も切実に引き受けようとしているのは、ずっと真夜中でいいのに。であるけれども

「丸サ進行」を語るにあたり、ずっと真夜中でいいのに。の存在を無視することはできない。単純に、「丸サ進行」曲の割合が高い。アルバム『潜潜話』には一三曲のうち「脳裏上のクラッカー」「勘冴えて悔しいわ」「居眠り遠征隊」「ヒューマノイド」「グラスとラムレーズン」に「丸サ進行」が使用されている。歌詞は時に荒唐無稽にみえる組み合わせの言葉で満たされているが、その暗号のような言葉が、実際にどういう人間関係の軋轢から生み出されるか、なんとなく察しが付くようではある。単純なメッセージソングは一曲もない。音楽の工夫もまた、音色が多彩でアレンジも手数が多く、「丸サ進行」でできることは、もはやすべてやり尽くしているように思える。

物だ。

「お勉強しといてよ」と「猫リセット」とでは、オーケストレーションが別

哲学・倫理学研究が専門の戸谷洋志《とやひろし》は、スマート社会において人々がその社会に参加することで知らず知らずのうちに異質な他人を排除するなどの悪に加担してしまう状況を批判し、そのメカニズムを解明した『スマートな悪』のあとがきにおいて、ずっと真夜中でいいのに。の創作に触れている。この著作においては「ガジェット」という概念が重要な役割を担っている。これは一つのシステムにおいて合目的的に機能するのでなく、複数のシステムに開かれこれを結び合わせていくよう機能する存在とのことだが、戸谷は「ガジェット」という概念に着想を得たとき、「ずとまよ」の家電を用いたパフォーマンス、元の文脈を離れた言語使用を思い浮かべていた、という。そして彼らの表現活動の要諦を次のようにまとめている。

おそらくそれは、閉鎖性への拒否である。何かが、ある特定のシステムのなかでだけ存在し、そのシステムの外側に出ることを許されないという支配への、拒否である。あるいは、あるシステムがそ

の内部に存在するものだけで完結し、その外側から何かがやってくることを拒否するという排他性への、拒否である。彼女の世界を表現するものは、すべて、もともとは別のシステムに属していたもの達だ。そうしたものが彼女の世界にやってくることで、そこで新たな生命を得て、新たな声を発するのだ。そうした世界がありえること、そのように私たちが存在できるということを、彼女の楽曲は訴えているように思える。

（戸谷洋志『スマートな悪――技術と暴力について』講談社、二〇二二年、一九〇頁）

これは主に、家電を用いたライブパフォーマンスから着想を得た記述であるらしい。他のところにも「楽器へと改造され、誇らしげに音を奏でる家電製品たちは、システムによる支配から自由であることを喜んでいるようにさえ見えたのである」（前掲書、一九一頁）とある。確かに、ブラウン管テレビはパーカッションに造り替えられて、ライブで使用されている。だが、「機械油」のライブ映像では「稲妻のレンジ叩け」という歌詞から発想を得てのことか、電子レンジが殴られるシーンがあるが、これについてはどう受け取るべきなのだろうか。それはそれで電子レンジは「新たな生命を得て、新たな声を発する」と見なされうるものなのだろうか。

本書では、ある者がシステムに一つも加担しないなどというのはありえない、といった論旨が主張されているのだが、それにしては「ずとまよ」のシステム性については楽観視されているところがあるように思う。音楽制作は、言わば、システム内部にあるもの（コード進行でも家電でも）と、そのシステムを回す側（作曲）との相互干渉の結果なのではないか。音楽のつくりの次元で言えば、彼らほどシステマティックに、素材を使いこなす側であるような音楽家もそうそういないのではないかと筆者は思う。それはほとんど音色の次元でのことだ。「猫リセット」でファミコン音源の音色は、前奏で聞き映えのするアクセントとして用いられ、またサビでもボーカルを下支えするよう鳴らされている。ジャケットにあるアートワークの世界観を伝達する仕事も担わされていることだろう。

あるシステムに属していたものが別のシステムにやってきて、それだけでそのまま新たな声を発するものなのだろうか。それぞれのシステムごとで、そのシステム内部で、新たにそのシステムのうちにある別の何かと、それでもやはり何か関係を構築しなくてはならないのではないだろうか。システムのことはさておいても、あるひとつの音楽作品が「その内部に存在するものだけで完結」する作用を、捨て去ることは難しいだろう。

重要なのは作品内部の素材同士の結び付きの作り方である。多種多様な音色は、ほとんどラップミュージックに接近している譜割りの細かいボーカルの、ニュアンスを補うことに徹している感じがする。「あいつら全員同窓会」のストリングスのあしらいは、伸びやかなニュアンスが出るよう助けているように聞こえる。ただ、音色が助けるようにどんどん足し算されているように感じられ、聞いていて若干息苦しい。

「拒否」というのは筆者も感じている。だが筆者の場合この「拒否」を戸谷とは別のところに見るのであるし、あまり積極的には評価しない。「拒否」だけで表現は可能なのか。何かが「拒否」された結果としての表現というのは、さみしいものではないのか。彼らの音楽を聞くと、素材に対し、安全な操作者であることから降りるのを「拒否」しているように感じられてしまう。結果的に、「丸サ進行」の防波堤によって守られてしまっている。歌詞だけ取り出しても、他人に対するストレスが満ち満ちていてもなんとか衝突しないように、言葉が選ばれている感じがする。結果的に、音楽が安全圏となる。それはむしろ、戸谷が読み取った彼らの表現の要諦とは反対に、スマート社会の写し絵となっていることではないのか。

「あいつら全員同窓会」の後半、おそらく最も抒情的である部分の歌詞は次のようになっている。「どんな名言も響かない僕から／何も生まれはしないけど／目に見える世界が全てじゃないって／わかりたかっただけ」。ここの部分は「丸サ進行」ではないのだが、筆者には実に「丸サ進行」的であるように思える。徹底した逡巡である。自己との和解は遅延される。筆者が最も懸念するのはこの点である。

「ウェルメイド」性からの脱却へ向けて

ずっと真夜中でもいいのに。の「丸サ進行」の実践は、防波堤の変奏にその眼目を置くものであるように思う。この防波堤を乗り越えることが、「丸サ進行」曲の言わば共通課題ではなかろうか。しかし「ずとまよ」の場合、その表現の比重が置かれているところの、自己理解の遅延並びに他者との衝突の回避とあいまって、防波堤の克服も遅延されたままとなる。「丸サ進行」の特性を最も理解しているのは彼らだと思う。「あいつら全員同窓会」でストリングスを導入しているのは、さりげなく革新的だ。より生っぽい器楽的音色と機械的なコード進行とを調停させる力量は、「丸サ進行」楽曲群において際立っている（筆者の個人的な印象としては、少し息苦しいのだけれども）。だがその「ウェルメイド」性をいなす能力が、かえって枷となっているようにも感じられる。

そして、「丸サ進行」が与えた課題は、表現の手数が多いとは言えないような、そうしたボーカロイド作品によってしばしば乗り越えられていっている。

ツミキfeat.可不《かふ》の「フォニイ」は文句の付けようのない、形式的によく書けた曲である。転調も五度圏と半音上げに収めてあるので、全体としてまとまりがあって聞きやすい。しかし「ウェルメイド」性に留まっているわけではない。「丸サ進行」特有の展開のなさを逆手にとって、サビが突如到来するような設えになっているように聞こえるところが、この作品の優れた点だ。しかもそれは、「丸サ進行」に対する裏切りなのだ。Aメロがイ短調、Bメロがホ短調ときて、サビに入るとコードの切り替わる長さが倍になって、今度はニ短調の「丸サ進行」だと思って聞いていると、「夜の手に」「絆されて」でメロディのリズムがヘミオラ的に処理されて一瞬三拍子になるところで、ここのコード進行が「丸サ進行」ではなかったことに気が付く。ここで同時に、この部分がサビだったことにも気が付くのである。この曲が提示した方法は、サビとは「丸サ進行」の壊れである、というものだ。これはほんのささやかながら、システムの自壊であり、合成音声ソフトに自ずから抒情させることへの成功の瞬間なのである。

「丸サ進行」が技術的に乗り越えられている「フォニイ」に対し、「ヴァンパイア」並びにDECO*27が手掛ける一連の「丸サ進行」楽曲は、まったく別の裏切り方が聞こえてくる。「アニマル」「乙女解剖」「ヴァンパイア」を聞いてみてほしい。この原稿で筆者が一生懸命説明しようとしたことが、ほとんど役に立っていないことがよくわかると思う。もはや「丸サ進行」の特性や、良し悪しなどとは関係なく、別のゲームをやっているのではないのかとさえ思える。

「ヴァンパイア」の歌詞は内容的にはシンプルだ。メンヘラの女の子の描写に徹底している。ヴァンパイアの吸血のごとく、愛情を吸い尽くす話だと思う。歯止めの利かなさが「まだ絶対いけるよ」という歌詞で端的にまとめられている。「悪い子だね」の「悪い」という単語があまりはっきりと発音できていないのはボーカロイドの特性ならではであろうし、チャーミングかつスリリングなところである。歌い出しの「丸サ進行」の変形のさせかたは少し興味深い。最初はベース音が省いてあるのでそれほどコード進行の存在感がない。「「もう無理もう無理」なんて」のところですでにVIの和音の鳴る長さが広げられていて、単純なループになっていない。

「ずとまよ」は「答えは別にある」とうたったが（この歌詞がある「勘ぐれい」は「丸サ進行」曲ではないが）、別の答えは「ヴァンパイア」にある、「まだ絶対いけるよ」だろう。

しかし、そうはいってもなんてバッドセンスな曲だろうか。ゴテゴテしたアレンジや歌詞の内容以上に、サビに戻るところのブリッジ、つまり再び

「丸サ進行」に戻る仕方が、「絶叫」の一言で片付けて主和音が鳴っているだけなのが、隙だらけでなんともはしたない。主和音の連打でさっさと次の部分に移行する仕方なら、ボカロ曲に共通してよく聞こえてくるが、こういうのを聞いていると、逆説的に、いかに「丸サ進行」曲が全体としては主和音に対する屈託を抱えていたことかとわかるものだ。「丸サ進行」が通過するのは主和音であったし、このとき逡巡とは主和音へ解決されない己の性質のことであった。主和音による関係付けを拒みたい音の数々が、表現の源だったのである。

けれど、なんと言えばよいやら、言うことを聞くような曲ではない。そもそも「あたしヴァンパイア」という言明で始まるのが、まさにそこで使われている「丸サ進行」という素材にとって予想外の出来事なのだ。結論が出せないことが、容易に出せない結論を抱えたままでいることが、「丸サ進行」作品の表現力ではなかったか。これに比べ、自分が何者であるか迷いがない表現は強い（ポップミュージックの表現の特性が、最近ではTikTokなど、媒体に規定されるに過ぎないものだとしても）。

たった一組のアーティストに出せる答えには限界がある。「ずとまよ」にとって別の答えを、「ずとまよ」自身が提示するわけにもいかない。「ヴァンパイア」での「丸サ進行」の使われ方を、「ずとまよ」が模倣するわけにはいかない。思えば「丸サ進行」は、その「ウェルメイド」性、代替可能性により、潜在的に、ある音楽にとっての別の生を生きる方法なのかもしれない。素材を使う人であれ聞く人であれ、別の生の可能性に行き当たっても、「答えは別にある」といって、対象、あるいは自分自身に対する防波堤に留まることで、別の生を別の生のままにしておけるのかもしれない。どれだけその音楽が反復と分割でつぎはぎだらけのようであったとしても、その音楽が複数の生を同時に生きることはできない。自分自身のたったひとつの生しか生きることしかできない。別の生を生きたことには決してならない。そういうふうにして、ひとつとして同じ「ウェルメイド」性はありえないのである。

その音楽がうたいあげる自由を切り詰めてはならない。音楽の自由は、素材レベルで実行されるもののことである。自らを拘束しているものに対する答え方である。おそらくまた、音楽を聞く者にとってもそうだと思う。

5

「推せ」ない「萌え」ない愛子さま

最初に見た有名人

筆者が最初に見た有名人は皇族だった。

あれは二〇〇七年のこと、全国高等学校総合文化祭というイベントで、当時私は部活動でヴィオラを弾いていて、あの日の舞台はプラバホールという島根県は松江《まつえ》市にある、本格的なクラシックのアーティストを呼べる良いホールだったわけだが、とにかく私はその日オーケストラにのり、我ら鳥取島根両県の高校生で結成された合同オーケストラは、ブラームスの一番の第四楽章やシュトラウスの「雷鳴と稲妻」を演奏させてもらった。

あの日私は、初めて「天皇制」を意識することとなった。全国総文祭には毎年、皇室の人々が公務で来るのである。

秋篠宮《あきしのみや》家がやってくる。この片田舎の、高校生のアマチュアのイベントに。

あれは本番が終わったあとのこと、誰が命じたのか知らないが我ら高校生合同オーケストラの面々は待機するように言われた。彼らが通るから見送れ、と。総文祭は夏の盛りの催しである。本番も無事終わって私はとても疲れていた。帰りたかった。見送るといっても、新年の一般参賀のように旗をもたせてもらうわけでもなく、ただだらだらと見物客のようにならなくてはいけないくらいのもので、かといってはっきりと断る根拠も理由もなく、暑いなか我々は待たされた。

多少は、芸能人を見るくらいの気持ちで、野次馬根性があのときの私になかったわけでもなかった。ブラウン管の中にいる人々がこんな片田舎に来るのは、そう多くなかった。

そして私は、間近に、本当に少し歩けばその身体に触れられるくらい近いところで、二人の女の子と、お妃さまと、殿下を見た。

正直な印象を言うと、二人の女の子の姿を思い出すことができない。ネット上をいくらか騒がせた皇族女子ブームが巻き起こったのはあれからもう少し後の二〇一〇年代半ばのことであったし、眞子《まこ》さまの婚約者を巡る一連のトラブルはそこからさらに後のこと。紀子《きこ》さまのこともあまり印象にない。

ただ、殿下のことはよく覚えている。漠然と、きれいな人だなと思った。

田舎では、殿下くらいの年齢の男性がきれいな人でいることは、基本的にはありえないことだった。

他にも、何がそれほど彼女らと彼との印象の違いをもたらすものだろうか、と考える。筆者は、彼らの違いを、まなざしを受ける者とまなざしを発する者という違いとして記憶している。二人の女の子たちはまなざしを受けることに、まだぎこちなさがあった。殿下は徹頭徹尾まなざしを発する側だった。目線が高く、見渡すようにして、沿道にいる生徒たち一人ひとりを見返していた。まなざしは交錯して、支配力であった。まなざしを受けることと発することの両方が彼らの仕事なのだと思った。そしてこのことが、浩宮《ひろのみや》殿下の家族にとっては、なにか宿命的なほどに、病いの元だったのだろう、と、そんなことを今は思う。

三島由紀夫『文化防衛論』の次のフレーズを、どうしても皇族の人々のこととしてパラフレーズしたくなる。「文化の再帰性とは、文化がただ「見られる」ものではなくて、「見る」者として見返してくる、という認識に他ならない」（三島由紀夫『文化防衛論』一九六九年、新潮社、三六頁）。あの時筆者を見返してきたのは秋篠宮殿下だけだった。三人の女性たちは「ただ「見られる」もの」だった。
思えば、何もかもとんだ近代ごっこである。

愛子さま成年の記者会見から

二〇二二年三月、成年皇族となった記念の会見で、この会見は悠仁《ひさひと》親王の卒業式と日にちがバッティングするというちょっとした不手際があったのだったが、「ご自身の性格や長所・短所について、具体的なエピソードを交えてご紹介ください」という記者の質問に対し、愛子《あいこ》内親王は「強いて申し上げるなら、どこでも寝られるところでしょうか。以前、栃木県にある那須《なす》の御用邸に行き、その着いた晩に、縁側にあるソファで寝てしまい、そのまま翌朝を迎えた、なんてこともございました」と、「おことば」で多くの人の心を和ませた。会見を見つつ、はぁ、歳を取ったらお母さんのほうにも似てくるもんやね、とぼんやりしつつ、筆者もまた心和ませた人間のうちの一人だった。ちなみに言うと、筆者は小室《こむろ》眞子が日本を飛び立つとき、佳子《かこ》内親王とハグしているシーンでも、きちんと涙を流した。

会見を機に改めて女性天皇(ないし女系天皇)容認論が巻き起こった。その内容の記事には必ずローブ・デコルテ姿の愛子内親王の写真が添えられていた。確かに、威厳があってかつほがらかな姿は、この問題を優位に進められるかもしれない可能性に満ちていた。皇位継承問題は、愛子内親王が生まれたときも、悠仁親王が生まれたときも、ことあるごとに取りざたされ、そしてこの日を境に再燃し始めたのであった。

再燃というより反復である。愛子内親王ないし悠仁親王誕生当時にどういう論客がどのような観点でこの問題を議論したか、ほとんど参照されていないようだった。不思議なことに、この話題になると多くの論客が問題であると口々に言いつつも、実際にはいつも丸く収まってしまうのである。皇室問題に疎い筆者は過去の雑誌記事をなるべくたくさん読み通してはみたものの、今も昔も論旨のバリエーションはそれほど多くなかった。ほんまに解決する気あるんかいな、という感想だけが残るわけだったが、型通りでないものがひとつも存在しなかった(反論する側もである)。万世一系をゆるがせにしてはならない、側室制度を導入せよ、臣籍降下した旧皇族を復帰させよ、過去に女性が天皇になった例はあったのだから、イギリス王室だってエリザベス女王が長らく在位していたではないか、生殖を強要するのは人権侵害である……。人々は、皇位継承問題に一歩近づくと、だいたい一緒になってしまう。この天皇制という磁場においては、言葉や議論は誰から発せられてもよいようなものでないと存在しないかのようだった。天皇と皇族に関する問題については、誰にも責任が負えないのだ、ということだけはよくわかった気がした。

反復とは、過去の純粋な参照のようでいて実はまったく真逆の事態となる。反復されてはならないものは絶対に反復されず、過去は改変される。記者会見では東宮家で起こった出来事などほとんどなかったことになっていた（長期休み中の家族旅行のことが触れられていたくらいである）。調べて思い出す。二〇〇三年、雅子《まさこ》妃帯状疱疹から療養へ。のち宮内庁の会見で公式に「適応障害」と発表。二〇〇四年皇太子殿下（今上天皇）いわゆる「人格否定発言」により雅子妃に言及。二〇一〇年三月、宮内庁野村一成《のむらいっせい》東宮大夫による定例記者会見で、学習院初等科に通う愛子内親王が登校時に「腹痛や強い不安感」を訴え、不登校であることを公式に公表。男児からのいじめも示唆され、学習院側も半ば反発するように対応。二〇一七年二月、皇太子殿下五七歳の誕生日会見での、「愛子さま激やせ騒動」すなわち摂食障害の疑い。それから不登校の報道がまたしばらく続いた。

会見を見ていて思うに、今の愛子内親王については、純粋な現在性というのか、空間を包括してまとめあげる感じというべきか、あんまりこの人について考えなくてすむ、そういう感じがする。一対一の、二人っきりの対幻想を感じない。例えば、ここ長らく仮想の二人っきりの関係をあらわす言葉として「萌え」「推し」があったが、そういうことではない気がする。そしてこの点で、あの宮家の二人の女性たちとは全く印象が異なる。彼女らは彼女らの人の部分に注目を集める。ビジュアルの良さで今もなおアイドル的な人気のある佳子内親王と、ニコニコ動画を中心に独特の人気を博した眞子内親王（小室眞子）とは、その辺《あた》りが違う。彼女ら二人はちょうどそういう時代でもあったが「萌え」の対象として消費されたところがある。だが、過去の報道の記憶が残っているからか、そもそも愛子内親王は対象として捉えてはならないような感じがする。その報道は同時に母親である雅子妃についての報道でもあった。雅子妃は長らく療養中で、世に数多存在する、家庭内問題を抱える女性たちの、仮託先として消費された側面があったことだろう。愛子内親王のどことない威厳は、近年過去に人々が女性皇族に対し内心思ってきたことのうしろめたさによって、醸し出されるのかもしれない。もちろんその女性皇族には過去の彼女のことも含まれる。

さて、本書の問題設定は最初に戻ることになるのだが、愛子内親王は最も「見えない」存在である。実際に皇室典範を改正するかどうか、そういう実践的なことがここで問題になるのではない（それはもっと専門性のある人が議論しているのでそちらを参照されたい）。彼女の姿を見て、語る言葉の内容を聞き、これなら将来「日本国民統合の象徴」に相応しいかもしれない、という直感を多くの人が抱くなら、その直感自体を本論では問題とすべきなのである。

つまりそれは、彼女が「ただ「見られる」もの」ではないと予見しているがゆえのことだろうから。

問題設定はすべて皇居にある？

皇室問題や天皇制に疎い筆者がどうしてこの主題を選択したかは、今まで本書でやってきたことを振り返るとわかるだろう。

これまでささやかながら何人かの「女」について考えてみた。彼女らは、実体としての「女」、当事者が名乗り出たり主張したりする、そういう「女」であることもあるが、筆者としてはそういう「女」に対峙する者として、「女」性の話を展開してきたつもりだ。それは、欲望の単なる対象であるに留まらず、通過点であり欲望の問い返しであり、欲望の始まる磁場を形成する契機であるような、そういう存在としての「女」である（こう説明しておかないと、「丸サ進行」に性別があるかのように受け取られかねない）。

筆者は、あるものを、出ていかずにその場で自由への道を見出した者の話とした。またあるものを実存ともシステムとも言い切れない中間地点を生き、それに触れる人々には「父」「母」という心理機制を復活させた話として語った。また、常に多数派や中心のほうへと運ばれていってしまいかねない「周縁的なもの」について、さらに、まさに代替可能性によって自分自身を証立てる創作についても、語ったつもりだ。

今までの話に対し反証を示すことや、そもそももっと別の話にすることは簡単である。「嫌なら出ていけばいいではないか」「あらゆることはシステムのままに進む（あるいは、あらゆることは実存のままに進む）」「心理機制としての「父」「母」なんてまだ言っているのか」「わざわざ「中心的」と「周縁的」などというラベリングにこだわらなくても」「普通に、替えが利かないオリジナリティを目指せばよいのでは」など。

だが、それらの意見は皇室の存在に対し目をつむるようにして議論の過程を辿ってしまうことだろう。それらは、「皇統の存続」のために嫌でも出ていけず（外国で生活するにも警備員が必要だろうし、皇室典範の改正次第ではひょっとしたら戻らないといけなくなるかもしれない）、システム（象徴天皇制）と実存（あるいは有限的なものとしての身体）の両面戦略でいくばくかの政治性を保ち（二〇一六年の上皇の「おことば」は、象徴天皇性の存続を訴える、国事行為への介入すれすれの政治的な内容でありつつも、人々のまなざしを自らの老いた身体に注目させることで人々の思いやりを喚起させる、優れた身体パフォーマンスであった）、周囲の人間が彼らに対する人権侵害に一層気を遣うあまり「父」「母」「家族」の理想像としてしかディスクリプションされようがないような、そうした人々から目を背ける道理につながっていくことだろう。人々は、地方行幸・啓を経験すれば、自分たちの中心が皇居のほうにあるとぼんやり感じもするだろうし、代替可能性と代替不可能性とが奇妙に両立しているのを皇位継承問題を傍から見ていて感じることだろう（皇位を継承するのは「彼ら」のうちの誰かでなくてはならないが、それは「彼ら」のうちなら誰でもよいということでもあろうし、皇室典範の改正次第では「彼ら」の範囲は拡張されることだろう）。むろん、継続させてもよい、継続させるべきだという意見もある。繰り返しになるが筆者は今、皇室問題それ自体を問題にしたいのではない。ただ、今までほとんど関心をもたなかった皇室問題について、これを考えることに通ずる問題設定と道具立てになっていた、という偶然に、自分自身不思議に思っているだけのことである。

先の代替わりの前、上皇が人々にビデオメッセージとして発した「おことば」により、昭和から平成への代替わりの際に比べて天皇制に関する議論が発生しなかったことを、何人かの知識人が指摘している。メディアは当然この事柄に関する情報で溢れかえったのだったが、穏当かつ中立的な情報か（そもそも代替わりは皇室典範によりどのように規定されているのか、など）あるいは皇族の人々の人物評のようなものか、ともかく天皇に対してではなくこの天皇制という制度そのものに向き合うための情報があったかと言えばそれはたいへん心もとないものであった。「風流夢譚」事件のことを思い出しても、これらの情報にはリスクばかり伴うので、人々は、中立的な情報しか出回らないものだと初めから安心しきって、次の元号を予想したり、元号が変わることで生じる書類修正の必要性を見積もったりして、単なるイベントとして過ごしたことだろう。

筆者とて天皇や天皇制について考えていないわけではない。しかし、天皇制以前のところに浸透したものをきっかけにすることでしか（『皇室アルバム』や週刊誌の記事であるとか）、もはや天皇制を具体的に考えることができない。現在の批評家の天皇論は、文芸評論の技芸の一部門をなすものだろうけれども幾分人工的でなかなか実感にそぐわない。他にも国体の護持や万世一系といった専門用語が飛び交う文章も未だに多く存在するが、ついていけない。もっと世俗的なものとなると、だいたいの批判の根拠に「それでは国民の理解が得られない」「国民の心が離れていく」という紋切り型の表現が登場するタイプの皇室論もあるが、これも読むのが難しい（筆者個人として、天皇や皇室の人々に理解を示したことも心を寄せたこともないからである）。

考えていないということは、国民としての主権意識のなさの表れだ、というのはわかるが、あれについて考えたところでどうなるのか、という無力感は拭えない。理屈で詰めたところでいつまでたっても絶ち切れないものはたくさんある。皇室の制度の存在意義についてなら、彼らのやっている皇室外交などの公務によって説明がつくだろうけれども、それだけでは制度を存続させる理由としてはどうも弱い気がする。彼らは生まれによって差別される人々である。憲法の基本的人権の尊重の条文に反する存在だ。日本国憲法成立以前から続いているのだから、神武天皇以来二〇〇〇年以上やっているんだからと言われても、「開かれた皇室」を目指すと言われても、良い悪い以前に、「国民の心」などという好き嫌いの感情以前に、成文化された条項にそぐわないのであってここをクリアできないのにどうしてそれほど発展的な議論が存在するのかが筆者にはわからない。問題としてはそれ以上でもそれ以下でもないから議論にならない。今ある議論のほとんどは廃止に向けたものではなく、いかにして存続させるか、という議論であろう。ちなみに言うと、中途半端に批判すると天皇への人々の関心を惹起させるだけで、結局廃止のための議論にはならないのだと思う。

象徴、非主体化、近代性

長らく、愛子内親王に関する報道はすべて愛子内親王自身のものではない。ある時は母親の生き写しになった部分に焦点が当てられ、またある時はドレスのデザインが他の皇族と対比的であたかも示し合わせたかのようだった、などと報じられ、彼女の文才もまた他の皇族から血筋で受け継がれたものとされ、他の女性皇族と同様髪型や服装など容姿に関する部分が切り取られて数珠繋ぎのようになった記述によって記事となり、成年皇族となった今や、お婿さん候補がどうだといった思わず目を覆いたくなるような恥ずかしい記事が書かれるに至るわけだが、これもまたどことなく小室夫妻への当て付けのようである。

こうしたことすべてが潜在的な「日本国民統合の象徴」である。天皇以外の皇族が天皇家のための血のスペアとして尊ばれる限りにおいて、彼らもまた、かの憲法上の規定を免れないだろう。「日本国の象徴」「日本国民統合の象徴」とはどういうことか、めいめい実践しているように見える。そのパフォーマンスの精度は血だけでどうにかなるものではあるまい。それぞれの身体、適性、キャラクター、ジェンダーバイアスなどに応じて実践しなくてはならない。加えて彼らが象徴となるよう、当然当事者以外の人々もまた努めなくてはなるまい。対象（皇族の人々）を個人でも他人でもないものとする、コミュニケーションの総体が象徴作用を促進していくものである。全員の力で彼彼女らは超越的だ。

男女共同参画の見地から女性天皇を容認する、つまり男尊女卑を解消する象徴として彼女らのうちの誰かが天皇になるとよい、といった論旨の文章を筆者は読んだ。それはそもそもまったく的外れで、というのも皇統を継ぐ人々は超越を志向するし、問題は常に天皇制以前にあり、つまりは人間を対象とし個人でも他人でもなくしてしまう市井の人々の日頃の実践にあるのである。上記のような愛子内親王関連の報道を見ればすぐにわかるだろう。彼女は自立した存在として見なされていないようだ。「雅子さまから愛子さまへ受け継がれる「自立した女性」としての責任と覚悟」という見出しの記事があったが、受け継がれる「自立」など本当に「自立」と言えるのか。自立は基本的には差異化と個体化の原理に則るのではなかろうか。そして、雅子皇后を「自立」していると見なすのは、未だ療養中で皇室外交で十分に活躍できているとは言えない困難な状況を、正確に捉えているとは言いがたい表現だと思う。

愛子内親王は会見を通じ、女性天皇待望論へと早速消費された。この議論に反対することは天皇制内部での女性差別を認めることであり（生理中・妊娠中は宮中祭祀に参加できないという）、他方賛成すると天皇制という身分上の差別を認めることになる。

5

賛成のほうがたちが悪い。それは、立場や機会が平等になれば、とりあえずそれは平等ということなのだ、というきわめて形式的な楽観主義に則っていると思われる。女性が象徴としての務めに専心する、なんてことが、男女平等の実現だとはどうも思えない。彼らは、彼らが実際にやっている役割に関して不平等であるというより、人々からのまなざしに関して不平等なのである。美智子上皇后の失声事件、雅子皇后の適応障害、愛子内親王の体調不良と不登校、小室眞子の複雑性PTSD。これ以上、無害化やバッシングや誤解を引き受ける余力が彼女らのうちのどこに残されているというのだろう。

平成の天皇の、「平成流」の「象徴としての務め」とは、障がい者施設や被災地を訪問し、戦没者の慰霊の旅を行い、弱い人々に寄り添うことでもあった。特にアジア各国訪問での「おことば」は、戦後処理の代行のようなところがどうしても否めなかったのだが、政治権力を欠いているという意味で弱者であるがために、天皇の象徴としての務めは可能となっていたことだろう。天皇という役職に比べればはじめから脱政治的な彼女らが、弱者としてふるまうにはどうすればよいというのだろう。

少なくとも、弱者であることが許されるなら、最初からバッシングの的にはならないだろう。女性の「主体性礼賛」はバッシングを肯定する動機にしかならない。主体性があるのならこれしきのバッシングには耐えられるだろう、といった具合だ。めんどくさいことに、それは女性への依存であり甘えでもある。バッシングを肯定してほしい人が本当に他人の主体性を信じているわけがない。バッシングする対象への己の心理的な甘えを直視できるならそもそもバッシングなどやらない。

かといって、近代人であること、自立していること、つまりは強者であることもそうそう許されない。雅子妃は強者であることも弱者であることも許されていなかったと見える。彼女は外務省に勤めるキャリアウーマンだったが皇室に入ったらすぐに世継ぎについての報道が出始め皇室外交もどれほど必要とされたものだかよくわからない。今の社会に比べてまだ適応障害についての理解がなかったとはいえ、公務を怠けていると誤解されがちだった。

眞子内親王は近代人を配偶者に選ぶことで、近代人(単なる民間人ではなく)になろうとしているように見えた。そしてそれは、同じく外務省のキャリアウーマンという近代的な人間を配偶者に選んだ、今上天皇と同じ方法だったのではないかと思うが男性の皇族の結婚を通じた近代化はバッシングされない。同じ方法でも小室夫妻はあんなに非難されたのである（ただ単に、借金問題が片付かなかったのがそもそも問題だが）。

皇室の問題は女性皇族の問題としてのみ捉えられがちである。眞子内親王は複雑性ＰＴＳＤを発表するに至ったが、それにしても婚約者へのバッシングは凄まじいものがあった。小室夫妻の騒動は、男性の側が皇室の問題としてやり玉に挙げられたという意味では、戦後の一連の皇室スキャンダルとは一線を画すものだっただろう。彼は米ＮＹ州の司法試験に合格した。痛快なほどにバッシングがまったく効かない相手だった。いやはや、小室圭《けい》は近代人だったのである。そして、象徴としての務めが前提とするところの、誰が強者で誰が弱者であるか、それに応じて決まっていくまなざしの支配、この埒外にある人間を配偶者として選択することが、眞子内親王の、民間人、ではなく近代人になる方法だったのである。

だが、どこにも出ていけず、強者にも弱者にもなれない人間は、見えなくなるしかない。

彼らは実体としては個でありつつ、個ではない。誰が発してもよいような言葉で満たされ、「皇統」という要素によってアイデンティファイされるのだからその人一人としては見えてこず、先に生きる誰かに似ている人でしかない。ゴタゴタせずにまとまっている印象を与えるものだから、こういう事態はある種の公共圏がたち現れているように見えもするだろう。そして世俗天皇制しか知らない人々は、彼らに、一体この時代錯誤なシステムの中でこの個はいかに生き延びたものか、と、ある種のゲーム空間を見るようにしてまなざしを注ぎ続ける。こういうとき人々は、天皇制に、出ていく人間なんて要らない、と思っていることだろう。

「開かれた皇室」として民主主義にイメージ戦略として迎合した天皇と皇族たちの、生き続ける場はこうした具合だ。「天皇制」をやらない「天皇」が現れない限り（しかしながら、仮に彼らのうちの誰かが「もうやめます」と言ったところで、本当にその通りになるのだろうか。彼らとて憲法に縛られる存在である）。二〇一六年の上皇の「おことば」は、「平成流」を次の元号にも引き継ぐために、象徴としての務めをこれからも天皇がやっていくことを、人々に同意するよう求める内容だった。しかし、ほとんど芸能人と同等に消費されてしまう彼らにおいて、象徴としての務めとして見られないものなど本当に存在するのだろうか。「天皇制」をやらないときもある「天皇」、

——もちろん彼らにもプライベートはあるのだが——彼らは一時でも、人々にとって、個人や他人になれるものなのだろうか。血が優位なのだと、それだけ天皇家は「自然」だと、あるいは彼らは常に私を公に費やしている高貴な人々なのだと、そう言う人もいるのかもしれないし否定はしないが筆者はそういうことが言いたいのではない。象徴に休みはない。天皇制は終わりも破れも想像できない。

天皇的なもの、代替可能性と代替不可能性

制度に対する議論の反復により政治的な関心が薄れて、加えて先の小室夫妻のバッシングとで、もはや天皇的なものは実体としての彼らからはほとんど逃げ去りつつあるのかもしれない。天皇的なものについてならいくらでも問題となる。今まで本書で行ってきたことは、図らずも、天皇的なものを扱うことだったといってもいいだろう。これは日本の近代文学における菊タブ

ーについて考えることからは遠く離れている。天皇にまつわる諸々をサブカルチャーの一部門として扱うことでもなく、サブカルチャーの中に見られる天皇にまつわる表象について考察することでもない。筆者が図らずもやってきたのは、サブカルチャーのただなかで天皇的なものに逢着することである。この天皇的なものとは、代替可能性と代替不可能性両方を介した二者関係から生まれるもの、と言ってもよいだろう。

《ケイコ先生の優雅な生活》は、誰とでも寝る女が男と日常から束の間離脱する話であった。代替可能性と代替不可能性とは、それほど簡単に引き離して把握できるものでもない。本当に誰でもいいのであれば、人は、たった一人の人間と寝てそれっきりなのではないか。誰でもよくないから他の人間のほうへ行くのではないか。すると、誰とでも寝る人間は、いつまでも誰でもよくないと思い続ける人間ということになるのではないか。誰からも好かれるかけがえのないたった一人の私であるためには、誰とでも寝続けなくてはならない。だから、誰とでも寝る女であるケイコ先生は奇妙に、代替不可能性のほうにいる(彼女はこのことを自覚していない。彼女は相手に求められたら寝るだけだ)。この辺りの道理は普通は通じない(彼女がどうして誰と

5

でも寝るのか映画の中では誰も理解していない）。代替可能性と代替不可能性を巡る謎ゆえに彼女は孤立する。ただ、孤立した人間はそれ自体外部への予感である。彼女が誰とでも寝るという事実に傷つきつつそれでも彼女と寝ることを決めた彼は、ケイコ先生という外部への予感に乗ったのである。そして彼女のほうもまた、彼が外部への予感に乗ってくれることがなければ、外部へは行けなかったのであった。

代替可能性と代替不可能性については本書では「「丸サ進行」と反復・分割の生」回で重点的に扱った。バンド・相対性理論の曲には外部への予感がある。「シンデレラ」は「2ストロークのエンジン」の駆動によりどこかへ向かう道中であるし、「気になるあの娘」のサビは、日常から超越する。急にタクシーを飛ばすことになる、そのサビの叙情性はサビ以外の部分に根拠を持っていない。ところで、相対性理論・やくしまるえつこの書く歌詞に「誰でもいいけど私だけ」というものがある。思えば、多くの丸サ進行楽曲群には、代替可能性を真摯に引き受けるばかりで、代替可能性と代替不可能性との分かちがたさや屈折や、代替可能性から代替不可能性への飛躍といったものが、足りなかったのかもしれない。それが相対性理論から丸サ進行楽曲群へ受け継がれなかったものの内実かもしれない。

天皇制は、天皇制以降においても、終わりが想像できない。万が一廃止されたところで、もうすでに諸々の営為が多くの人の感情労働によって成立してしまっているという事実ごとなくなるわけではない。天皇的なものは自分たちでもう十分調達できる。本書ではそれらを少しずつ紹介していった。そして筆者は、天皇的なものが天皇制を介さずしてもう民間で調達できるのだから、天皇制はいずれ廃止となるだろう、などと主張しないしそれは政治の問題を過小評価してしまっていると思う。

しかし天皇的なものが調達できる現状の社会を肯定することもできない。いつまで経っても人々は、相手が個や他として成立するかどうかというところで、認識や諸々の営為において、個や他として扱えずドロドロした二者関係の領域に後戻りしてしまうのである。人々はこうした現実に生きる限りにおいて、天皇制の圏域から自由ではなく、何事もその人のこととしては記述しないようなタイプの皇室記事とやっていることはそれほど大差ない。

それに、代替可能性と代替不可能性両方を介した、外部への予感は高度に産業化されるに至った。いよいよ、外部は囲いである。産業化されたらあとは根拠なく反復されていくだけである。このことはインターネットの普及以降、多くのコンテンツ産業で観測されることだろう。「あの頃の前田敦子」を振り返ると、ここではファンとアイドル両方に、代替可能性と代替不可能性の、入れ替わり立ち替わる分かちがたさが、システムを通じて課せられていた。その中で絶対的センター・前田敦子は、不動の地位にいる以上はシステムとほぼ同義であり、彼女が批判の的となったのはその辺りの事情と無縁ではなかっただろうし、ファンのＡＫＢ48への欲求は、システムの外部、システムの操作者という高次の存在である、秋元康になることへの欲望に起因するものでもあった。

「推し活」は、自分にとって尊い存在に時間と体力と金銭を惜しみなく費やし、生活の糧にすることだが、そこはもはや象徴天皇制では実現できないほどの、対象との絆が実現していることだろう。ただ、「推し」もまた代替可能である。他ならぬその人が「推し」に適したものを選んだのである。「推し変」という言葉も生まれて久しい。「「推し」は推せるうちに推せ」と近頃では言われる。「推し活」は互いの身体と金銭の有限性に縛られている。だが何故代替可能であるとどこかでわかっているのに、それが代替不可能なものとして経験されてしまうのか。やはり「推し活」でも代替可能性と代替不可能性を巡る謎がアトラクションになっていると思われる。

「萌え」のほうが、閉鎖的な次元では、まだ精神的な営為だったのかもしれない。「萌え」は、萌えている自分自身の状態の提示と反芻だったと言えるだろう。だからこそ、ドロドロは萌える主体一人の内部で漏れ出ず完結するものであった（創作やコミュニティ形成に向かうなら話は別だろうけれども）。どのみち、理知的ではない判断停止の側面もあったことだから、多くの萌える人には、萌える自分に対する自己嫌悪がほんのわずかにでもあったことだろう。その自己嫌悪を取り去ること自体に商業的な要請があった、と、「萌え」の観光資源やメジャーコンテンツへの包摂のことを思えばそうだったのかもしれない。

もう一度三島が言っていたことを振り返ると、「文化の再帰性とは、文化がただ「見られる」ものではなくて、「見る」者として見返してくる、という認識に他ならない」。人間を対象とし個人でも他人でもなくしてしまう市井の人々の日頃の実践は高度に産業化されることで、暫定的に文化の再帰性を獲得している。しかし、「ただ「見られる」もの」は予め類似性を付与され一定期間過ぎれば代替可能へと転じるよう調整されているので、再帰性を人々の側で生み出すことは一層遠ざかっているように思える。だが、そもそも三島が「文化の再帰性」を「見る」「見られる」という視線の比喩で語っていることが、「Dr.ハインリッヒの漫才を見るためには」を振り返るにますます興味深く感じられる。筆者は、「ただ「見られる」もの」であることをはじめから拒絶するような女芸人は、文化の再帰性のうちに組み込まれることなく、周縁化されたらそこから脱せられず「「見る」者」となることから一層遠のくのではないか、と懸念する。

「日本国民統合の象徴」にあって、市井の人々の天皇的なもののほうにないのは、歴史なり物語などの、今ここにある人や物をすっぽり覆う上位存在への接続の瞬間である。それが「「見る」者として見返してくる」ものの役割であろう。見返す者が、ただ見られるだけのもののうちから出て来なくてはならないだろう。

さて、彼らにしかない血と伝統と歴史とでアイデンティファイされる皇族の人々は、代替可能であり不可能である、両義的な人々だ。二〇〇〇年以上続いてきた皇統の末裔であるがために（オリジナルのコピーであるがために）、一人ひとりがかけがえのない存在だ。そんな彼らを象徴へと変えるとき、人々と彼らとは互いに「誰でもいいけど私だけ」の関係を結んでいることだろう。「誰でもいいけど私だけ」を範囲付けるものとしての共同体の枠が、雄大な歴史が、そのとき成立しているだろう。この共同体の枠の範囲内では、人々と彼らとの組み合わせは任意となるし、この雄大な歴史の中では、想像上、どのタイミングに生まれ、何代目の天皇と関係を結ぶのかも、任意となるのである。

そして重要なのは、外部への予感は外部ではない、ということだ。外部への予感に乗ってくれる人がいないと、外部への予感を醸し出す人とて外部へは行けない、ということである。皇族が人間以上の存在になり、歴史や伝統へと接続されていくには、――「ケイコ先生」において男のほうがむしろ外部への予感であるところの女を半ば暴力的に連れ去ったように――人々の協力が不可欠なのである。

そして実のところ、外部への予感を辿ったところで外部へは行けない。その予感は、純然たる外部へではなく、私たちだけを取り囲んでくれるものへの予感なのである（「ケイコ先生」において外部は、誘拐に使う乗用車と性交するラブホテルだった)。それは新しい殻を求めている心の動きでしかない。そこに邪魔者がいないから外部だと思えるだけのことなのである。

これからの「責任」

愛子内親王は「見えない女」であると同時に「見返す者」である。「成年皇族会見」で筆者にははじめてそう現前した。ほとんど目線を下ろさず、言いよどむことも少ない彼女の姿を見てそう思った。「文化」への帰属とその再帰を促すよう、人々に快い感情をもたらす者である。

「萌え」「推し」よりも何か強い関係をつくるポテンシャルを感じる。対幻想から共同幻想に今ひとたび逆流するようなことが起こるかもしれない、そうした予感である。長所として「どこでも寝られるところ」というエピソードを選択したところに、サブカルチャーのもとで醸成された天皇的なものを掬い上げる力を感じる。民間のほうに散らばってしまったそれらを再び皇室のほうへと取り戻すことが可能なら、それは彼女の両親よりも彼女のほうが遥かに向いているだろう。

サブカルチャーの構成要素が「天皇」という事柄を構成するそれと重複するなら、あのお方はまさにそれを簒奪するだろう。自分自身がそういう存在であることで、簒奪し続けるだろう。この国の専制性を、人々の主体性を、他の権威が力をもつことを、この国がまさにこの国であることの根拠付けを、私の批評の手筈を。

これまで、見えない「女」あるいは見えなくさせられてしまう「女」について本書ではひとりずつ事例として取り扱ってきた。これはこの国の感情労働の実態を、宿命として受け入れるための手続きでもあった。サブカルチャーや天皇的なものなしに、いまさらやっていける社会だとは筆者は思わない。けれども現状肯定を繰り返すわけにもいかない。感情労働は、ここには象徴としての務めも含まれてしまうが、人々の力の勾配に即したまなざしの在り方を、そのまま追認しているようなところがある。本来、弱者に寄り添う気持ちは特権をもつことへの疚《やま》しさでもないし、その気持ちに寄り添い返すことは、強者へのニヒリズムでもないが、例えばこういう力の勾配が天皇制を通じて温存されてしまうのではないか。もし、何か「見返す者」が、今ひとたび専制を実現し、権威を復興できるものなら、それは今よりももっと個として成熟した個人からなる共同体でないと無理だ。まなざしに左右される人々ではだめだ。そして個としての成熟へ向けて「統合」しなかったのは、時代の流れとはいえ、開かれた皇室と象徴としての務めに内在する心理の所為でもあるだろう。

戦争責任以降にも責任はある。「平和」のための行いであっても、責任の主体であることを回避できるわけでもない。すでに平成のおよそ三〇年で、もう取り返せない——それを責任という言葉で括ればそれこそ戦争責任という言葉を無害化するレトリックになってしまうが——個と他のない共同体形成の責任は、誰が一体とるのか。

次の天皇は、それが平和だった、と言うだろう。我々の現在の窮状とは、後から平和だったと必ず言いくるめられるような現実のことである。

週刊誌の記事からの孫引きとなるが、愛子内親王は学習院女子中等科の卒業記念文集にこう綴った。

空が青いのは当たり前ではない。毎日不自由なく生活ができること、争いごとなく安心して暮らせることも、当たり前だと思ってはいけない。なぜなら、戦時中の人々は、それが当たり前にできなかったのだから。日常の生活の一つひとつ、他の人からの親切一つひとつに感謝し、他の人を思いやるところから「平和」は始まるのではないだろうか。

（「AERA」二〇二一年一二月二〇日号）

我々について将来の天皇はどういう作文を書くことになるだろう。あなたは彼女に萌えますか、彼女を推しますか。

補論　「東京の男の子」の悩み事

本当に発言それ自体を一旦聞くために

おそらく最も大変なことは、他人と協力して物事を終わらせることである。特に、世間からの目、外圧、自然災害、カリスマの鶴の一声、忘却といった物事自体にとっては外在的な契機によってあらゆることが決定づけられてきてしまったようなところのある共同体にとっては、その内部の個人のきわめて個人的な次元の物事についてであってさえも、外在的な契機にまったく頼らないかたちでの清算というのは、想像することが難しい。

だが、今すぐにでも可能なことはある。あのことさえなければこうはならなかったのに、と過去を恨まないこと、そして、誰か一人の人間が声をあげるのを、裏側の事情を推し量るなど陰謀論的な想像を後回しにして、利害関係上の対立も一度カッコに括り、本当にその発言それ自体を一旦聞くこと、である。なんとかギリギリのところまで、合理的知性のようなものを信じてみることだ。他人を信じてみるべきだろう。

今年二〇二三年の五月のこと、お笑いコンビ・オリエンタルラジオの中田敦彦が松本人志に自身のYouTubeチャンネル「中田敦彦のYouTube大学」を通じて発した「提言」を、多くの人が抵抗感をもって迎えた。あるネット記事の見出しによると、それは「批評」であるらしかった（「オリラジ中田敦彦が松本人志〝批評〟で「粗品」の名前出す　相方せいやマジギレ」二〇二三年五月三〇日、東スポWEB）。その動画は「【松本人志氏への提言】審査員という権力」というタイトルで、内容としては、この動画公開の直近に開催された、コンビ歴一五年以上の芸人が出場する賞レース「THE SECOND」の感想を述べることを導入に、松本が大手賞レースの審査員長を独占している状況を問題視し、新しい価値観をもった芸人がお笑い界でより機会に恵まれるよう、審査員長を降りるよう提案する、といったものだった。

批評ではない、とわざわざ但し書きしたい、ということもない。関連するニュース記事がたくさん出され、そこではコメント欄にある匿名のものも含め多くの人の私見を確認することができるが、これらをすべて検討するのはとても大変だ。誰が一番正しいか考えるのもたいへん心もとない。

YouTubeの動画をみていると、広い意味での自己陶冶の問題が提起されているように感じられることがある。生き方を人々に提示することを、自身のパフォーマンスのうちに含めざるをえない人間の姿が、そこに写っているのである。各人が自分の欲望に基づきやりたいことを行ったとき、その共同体がうまく機能していくかどうか、この辺りの折り合いの問題でもある。

お笑いに比べればYouTubeは歴史が浅い。先達やロールモデルが少ない。自分自身が率先して、新しい範例をつくっていかなくてはならない現場なのだろうと思う。片や芸の一形態で、片やグローバル企業が提供するプラットフォームであるから、お笑いとYouTubeをこのまま並べるのはカテゴリーがそもそもおかしい。しかし、こういうカテゴリーの混線を引き起こすのもまた今日の広い意味でのインフルエンサーの役目であるから、致し方ない。中心なき時代の中心と周縁の問題ともいえるかもしれない。カテゴリーの混線を目の当たりにして、人は自分自身のなかで権威と反権威のぶつかり合い、という月並みな図式自体があまりしっくりこなくなっていくのを感じることだろう。筆者は、あの動画の存在が、お笑い界全体に対してカウンターとして機能しているかどうか、どうも確信が持てないでいた。

「……そこが崩壊したときには、おそらく日本は大きく変わるでしょう。」

ところで筆者が今この原稿を書いているちょうど先程、ジャニーズ事務所の新しい社長は東山紀之《ひがしやまのりゆき》に決まったとのことだった。ファン、タレント、裏方が各々の仕方で再出発せねばならないのだろう。「伝統」の内部にいる者は負の遺産の処理に追われる。かといって、「伝統」の外部へ出発しても歴史の浅い仕事への従事も辞さない者なら日々に追われる。安全な場所というのはそうそうない気がする。YouTuber事務所大手のＵＵＵＭが身売りを決定したのも、今年の夏のことだった。

付け加えておくと、物事の清算とは、没落、落ち目、流行遅れ、といったこととは本来何の関係もない。誰かが共同体からいなくなったり、亡くなったり、会社が解散してしまったからといって、物事が終わるわけではないはずである。物事を終わらせることは、物事の続きを生き始めることである。

他人と一緒に続きを生き始めるのが難しい。
ジャニーズ事務所の一連の性加害問題の報道をみていて、ふと、この本の第二章で触れた『ＡＫＢ48白熱論争』において、小林よしのりが「ジャニーズは男の戦後民主主義化を守る存在」と発言していたことが思い出された。この話の発端としては、宇野常寛が、ＡＫＢ48のことが好きすぎて、これを倒すユニットとしてイケメン・ユニットをプロデュースしたくなってきた、韓国のチャン・グンソクのような屈強な男性のアイドルを、などといったことを述べたあと、中森明夫の「それは徴兵制の問題だよ」という指摘を挟んで、小林が続けるのだった。

そのイケメン・ユニットは、わしが言うならわかるけど、宇野さんが言うのはおかしいと思うね。あのイケメン・ユニットは、日本でやると必ず髪も長くなって、中性的な感じになるんだよ。それをガタイのいい奴らでやるとなると、髪もどんどん刈り上げなきゃいけなくなる。それはまさしく兵隊に対する憧れなんだよ。で、わしは戦後民主主義を基本的に否定してる人間だから、それでもいいよ。

だけど、ジャニーズは男の戦後民主主義化を守る存在なんだよね。それを宇野さんが否定していいの？

［……］

わしの中にはそんな感覚があるんだよ。ああいうジャニーズの中性的な性質は戦後民主主義的な価値の象徴みたいなものだから、そこが崩壊したときには、おそらく日本は大きく変わるでしょう。

（小林よしのり・中森明夫・宇野常寛・濱野智史『AKB48白熱論争』幻冬舎新書、二〇一二年、九四頁）

「男の戦後民主主義化を守る存在」とは、今現在の錯綜した状況も相まって、様々な前提を含んで屈折した言い方に見えるようになってしまった。ここで言われる戦後民主主義とはもちろんニュートラルな意味ではないだろうし、元々からして論争喚起的に、時に半ば特定の陣営に対していくらか攻撃的に用いられてきた言葉ではある。ポジティブな側面を強調するなら、出自や身分に縛られない健全な能力主義の謂《い》いを含むものだったのではないかと思う。そういう機会均等性やその上での少女たちの努力というのに、小林が惹かれていたらしいと彼の漫画を読むに確認されるわけだが、それならなぜAKB48は戦後民主主義的なものとして彼の中で受け止められなかったのだろう、と考えたりして、突き詰めるには限界はあるけれど少なくとも彼の戦後民主主義というものへの実は微妙な距離感が窺えるような気がする。あるいは、ジェンダーの非対称性が問題なのだとも、戦後民主主義が様々に言い換えがきいてしまうことも原因としてあるのだとも、言うことはできる。男は戦後民主主義化してはならない、という主張が含まれているように見えるのだが、それは、戦後民主主義には（むしろ一九八六年以降の男女雇用機会均等法施行後、と区切ったほうがよいのかもしれないが）、平等主義を介したマッチョイズムの否定という側面があると、批判していることになるのかもしれない。あるいは、アメリカの庇護のもとで爛熟した、後期資本主義への迎合の様々な在り方、という言い換えがされるのだとしても、彼の思考のうちで戦後民主主義は「男性性」と折り合いのつくものとはならないだろう、という気がする。

　結局のところ、小林の用例では、戦後民主主義とは反戦主義のことで、少年化とでも言い換えたくなってしまうもののことなのではないだろうか。そもそも徴兵制のある国なら誰も少年ではいられないのかというと、それはよくわからないのだが、永遠に少年であり続けねばならないかのような彼らジャニーズタレントのことを、成熟を理念として考えるために、言ってしまえば反面教師のように必要とせざるをえず、そういう表象との距離くらいでしか現実の人間が成熟をイメージできない、とまで言えば言い過ぎかもしれないが、ともかくそういう倒錯した事態が現にあるのではないかと思えば小林の言うことももっともである。（そして、こういう倒錯としての成熟というのが、女性タレントないし女性ファンに可能なのかといえば、そうではないのだと思う。アイドルファンが普通にアイドルになれて、「推し活」などの表象へ没入する行いを単に子供っぽいと切り捨てることもできなくなってしまった状況である今日において、AKB48が女の戦後民主主義化を守る存在、と言えるだろうか。戦後民主主義化を非戦化あるいは自立どちらの意味に受けとるにしても、アイドルが、どういうかたちであれ、人々を隷属と代替可能性とから遠ざけることがあるのだろうか。それと、消費文化に対し感覚をもたないことがある種の成熟だと言える段階は、もうとうに過ぎ去っている。）

彼らの考えていたこととはまた違うかたちで、ジャニーズは一旦崩壊しかかっている。あの独特の中性性のことは、創業者の性嗜好の問題のみに帰せられんばかりである。今の状況を戦後民主主義と性的なものとの関係がまさに問題になっている、と考えるなら、それはＡＫＢ論壇の彼らが話題に挙げていた徴兵制なき国の男性性の表現、とはまったく違うふうにみえるが、創業者が進駐軍の通訳として訪日した日系二世だった、という経緯を振り返れば、「ジャニーズ」がアメリカと日本の安全保障の在り方なくしてはそもそも設立しえなかった事務所だ、といったように再認識しなくてはならないかもしれない。「ジャニーズ」を「戦後民主主義的な価値の象徴」と思いなし、その上で今の現実を、戦後民主主義が少なくない数の性加害の上に成り立っていたというようにして捉え直すのだとしたら（「少年」とは、構造に絡め取られ自律できない存在のことであったと、所有と交換とで成り立つ「貨幣」的なアイデンティティーだったとするなら）、最近の報道の数々は多くの人にとって深刻に映ることだろうと思う。

クリエイティビティーの神聖視が生じているまさにその場では、現場の人間が直視したくない現実が数多くあり、キラキラしたものは常に何らかの過酷な現実の裏返しであり続けていた、のかもしれない。広く文化の世界では、あらゆることが大雑把に、芸事特有の苛烈さといって片付けられてきたきらいがある。大手事務所という中心がまさに周縁だったのだ。彼らはああいう人々なのだ、という周縁化、特殊化、個別化の原理を彼らに適用してしまったが最後、「少年」を生み出す構造が温存されてしまった。ハラスメントの被害者の告発は、見えなくされていた問題の数々を日の下に晒す行為ではあるが、今現在可視化されている問題を細分化する行為でもある。芸事特有の苛烈さ、という大まかな認識を洗い直したり、中心と周縁とが織り成す力場をなんとか超えて、単なる現実を見つけ出すことをせねばならない。それが加害者でも被害者でもない人間のなすべきことである。

本当にその人の発言それ自体を一旦聞くこと、とは、その発言を聞く者たち全員で協力して、物事が含んだ問題を細分化することである。ある人の発言の力だけで共同体を倒れさせてはならない。物事を友／敵の図式になだれ込ませてはならない。それは誰のためにもならない。

オリエンタルラジオの思い出など／機会平等性と権威と

中田の動画を、炎上騒ぎからしばらく経ったあとから見て、筆者が最初に思ったのは、この人はとうとう「武勇伝」を終わらせられず、持て余しているということだった。

筆者がこういう事態で関心を抱くのは人々の反応のほうではなく、中田敦彦という人のなしたことのほうである。人によっては、吉本興業を辞め、いわゆるお笑い芸人の仕事はほとんどやらなくなった中田をみて、あぁこの人はもう最近じゃあこんななのね、と変化を強く印象付けられたのかもしれない。筆者が強く印象付けられたのは、むしろ、彼の変わらなさ、もっと言えば変わる（終わる）ことのできなさのほうである。中田敦彦はやはり「武勇伝」の人なのである、と。いや、お笑い界の因習から距離を置いてこそ、まさしく彼はなお一層のこと「武勇伝」の技芸の展開に自分自身を委ねるままとなっている、ように見えた。

昔、ブレイクする直前のオリエンタルラジオがM-1グランプリの敗者復活の舞台で例の武勇伝ネタを披露していたのを覚えている。もうそれはすでに完成されていた。中田が披露するエピソードに対し相方の藤森慎吾《ふじもりしんご》が一言添えて、「武勇伝、武勇伝、武勇デンデンデデンデン」のフレーズで締めるリズムネタ。本当に偶然、あの時彼らのことをテレビで見ていたのだった。その後あれほどブレイクするとはもちろん知る由《よし》もなかったが、とても印象に残ったのである。それというのも、あの舞台でリズムネタをやるコンビなんて、普通はありえなかったからである。思えば、ああいうのがスター性だったのだろうか。

他にも、彼らが後により正統派に近い漫才に取り組んでいた時期があったのも覚えている。そして年に一度の、もはやテレビではネタを見ることがなくなった中堅芸人らがネタを披露する番組『芸人ちゃんネタ祭り 実力派芸人大集合スペシャル』で、彼らが、ダンス&ボーカルユニットRADIO FISH名義で、「武勇伝」をよりダンスパフォーマンスへと接近させた「I'm a perfect human」を披露していたことも、これが人気を博し彼らが再ブレイクしたのも、記憶に鮮明に刻まれている。

なぜ、筆者はあの時の、Ｍ－１敗者復活戦のオリエンタルラジオを覚えているのだろう、と今一度反省する。おそらくそれは、彼らがあの戦いを戦うことを真っ直ぐに選ばず、別の戦いを提案していたからだと思う。そしてまた、中田は、別の戦いを提案することを彼の戦いとし続けている、のだと思えば今現在の彼の姿そのものとして当時を思い返すことができるからだと思う。彼は彼の「武勇伝」が一番大きな成果を収めるための場所を探し続けてきたのではないかと思ってみたりもする。「武勇伝」を「武勇伝」として受け止めてもらうためには、その話の内容より、受け手の感受性や文脈が必要なのである。むしろ受け手の感受性や文脈をつくってきた、という意味で、場所を探し続ける苦労をせずとも生きているだけで「武勇伝」そのものである松本に対し、彼が何か言おうとするのは彼の芸からして極めて自然なことだと筆者は思う。彼は彼の「武勇伝」にとても誠実な人間である。

オリエンタルラジオの「武勇伝」に魅力が伴うのは、――それがネタという狭義の「武勇伝」であれ、トーク番組で披露するエピソードトークのことでも、あるいは広く言って芸能界でのサバイブの仕方のことであっても――

緊張感あってのことである。別の戦いであるという見え方がしなくなり、この戦いしかないのだ、と、私もこのように戦ってみたい、と受け手が真に受けてしまったら、すなわち彼の戦略が全面的に勝利をおさめた瞬間にそれは「武勇伝」ではなくなる。「武勇伝」はお笑いの制度の内部では、滑稽の装置として機能しているはずであった。「あっちゃん」が本当に「かっこいい」なら、それはお笑いではない。「武勇伝」は本当に「武勇伝」であってはならないはずだったのだが中田はお笑いを選んだようにはみえない。

どうも（そしてこれは筆者の主観に過ぎないが）、中田が自分たちに勝てる気運がある、という目配せのもとにあの動画を出したのではないか、と当初から筆者は訝《いぶか》しんでいる（その穿った見方のせいで、中田のかなりナイーブな反体制的な身ぶりに勝手に鼻白んでしまった）。しかしながら、中田の発言内容も「提言」というよりかは「告発」に近いものであったと筆者には感じられた。それというのも、中田の話の内容もさることながら、話を構成するトピックが一つひとつ独立していて、つまりは断片的な語りになっていたところがどうも告発の身ぶりのようで（ある意味で、破綻していない「物語」を所有できるのは「権威」の側の特権かもしれない）、いや、というより、要は筆者には、論旨のつながりがあまりつかみきれないところがあったのだとここで告白する。

話全体をまとめてしまうと、お笑い芸人たちの機会平等性が権威（松本人志）のもつ価値の介入により損なわれる、という主張がなされているようなのだった。「若手がすごくM－1に集中しすぎちゃって逆にチャンス減ってんじゃないかな」（一三分付近）。東京ではお笑いの大会が少ないから、東京の芸人は不利だ、という話に始まり、M－1の説明をするなどして、いかにして元々それほど地位の高くなかった漫才の地位が高まったかなど、お笑い界の歴史と実情とが手短にまとめられている。「松本人志さん以外の価値観を持つ人たちにそのハンドルを渡すことでお笑い界に新しい価値観や新しいスターができる土壌を作ることがお笑い界全体への貢献になる」（三一分付近）という主張が最終的に置かれるが、その主張の根底にある気分は、表面上現れているドライで合理的な感受性とは裏腹に、実はわりと単純に、「友情・努力・勝利」のイデオロギーの変奏のようなものではないかとも思った。「友情」の部分、彼にとっての他者性というのが個人的にはずっと気になっている。その点重要なのは、どうやら中田自身がその機会平等性の毀損の被害を受ける主体として自分自身を（あるいは自身の視聴者も含めて？）据えているようなところがあり、そういう語りによってお笑い芸人たちとのつながりを保持しているらしい、ということと、なおかつ、彼の主張には、YouTubeという「友情」なき機会平等性の世界の中で、いかにこのチャンネルが成功を収めているか、といった成功物語を強調する意図が含まれているようなところがあるのではないか、ということである。この動画は、自分たちのYouTubeの番組である「オリラジアカデミー」が「THE SECOND」に裏被りしていたものの急上昇ランキング1位を獲得した、という話題から始まるのである。

つまり、機会平等性は二重の意味を担っているようにみえる。機会平等性は、ある面ではお笑い界にいる当時かつて失ったことのあるものであり、ある面では出ていくことで率先して選び取ったものなのではないか。この二重性ゆえに、彼の発言がカウンターとしては真っすぐ響きにくいのではないかとも思う。

機会平等性の側に立つ人間は、その立場を根拠付けるのは「権威」からの自由という条件であるからして、どうしても「権威」と関わらなくてはならなくなる。機会平等性の、すぐに結果が出てしまう需要と供給の理屈に自らを大いに晒し、「権威」の判断を介さず客と直接関わっていかなくてはならない環境において、本当に何の「権威」とも無縁でいられるかは不明である。人を惹き付けるには、自分自身が小さな「権威」になるしかないのではないかと思う（だからこそ中田は語るのだろうと思う。ただ、YouTubeというプラットフォームの具体性を被ることでどのような「物語」が可能かは筆者にはよくわからない。視聴者を飽きさせないためにいつも別の話をせねばならないなら、その小さな物語の断片に常に適合しなくてはならないというのは、語る側も受け止める側も、とても大変なのではないかと思う。勝てるであろう相手［あるいは敵］、克服すべき課題［あるいは社会問題］をその都度動画の題材として見繕わなくてはならないのは、それなりに労力がかかるのではないかと思う）。このとき周縁が中心となる。それが良いのか悪いのかは別として、「権威」という点に松本の存在を切り詰めることで、彼を縮小再生産的に引き受け可能な存在としているのは他ならぬ中田自身、ということになりやしないのか、とは思う。そもそも、賞レースで優秀な実績を収めたところでその後仕事に恵まれるかどうかは、話が別である。「権威」のおかげだけで生きていくことができないのは、だいたいどの業界も一緒ではないかという気がする。

松本は中田に対し、ツイッター（現・X）で「テレビとかYouTubeとか関係なく二人だけで話せばいいじゃん［絵文字］連絡待ってる！」（五月三〇日）と発言することで、暗に応答したようだった。その松本の発言の真意は不明だが、「人前で話すことではない」「そういう実際的なことなら舞台裏で話せばよいのではないか」という主張が隠されているものとして筆者は読んだ。もしそうなら、それは結局のところ、「あなたはスベっている」という中田に対する価値判断を含むパフォーマンスだったのではないかと思った。松本は「審査員を引き受け過ぎなのではないか」という「提言」に対し「審査員」として応答した、ことになるのではないか。そうして、「提言」に回答することなく根底から無効化したのである、と。スベっていると言われた人は、スベっているという相手の主観に否を言うのはそれほど簡単ではないだろう、と思う。スベっていないかどうか、つまりは時宜に適してなおかつ人々の意向を汲んだ表現ができていたのかどうか、というのは事実の認定とは次元の違う話だからでもある。というのもそれは、自分以外の人間にジャッジされないと見えてこない現実のことだからだ。劇場での生の反応を一身に受ける機会を失った人間であれば、なおさらそうだろうと思う。

人々は語られ直されねばならない

しかしながら、「権威」とはなんと物事を見えなくしてしまうものだろうか。少なくとも中田は「提言」全体を「二人だけで話せばいい」些事だとは思ってなかったのではないか。そして、どうして一連の出来事を締めくくるにあたり「松本さんに「人間力」が及ばなかった」などと、視聴者ではなく相方に語りかけるばかりで、一連の騒動の背景にある「人間力」「精神力」などの「力」の問題というきわめて実体の摑みづらい話に変えて片付けてしまったのか（「中田敦彦　松本人志に提言「ミスった」「松本さんの人間力に私の人間力が及んでいない現実」藤森に反省と謝罪」二〇二三年七月一〇日、デイリー）。周囲の反応によって変更可能であると示されてしまった以上、その語りは「物語」とはいえないと思う。「物語」は別の時間を確保し、そこへと自分と聞き手を導いていくものだ。確かに、お笑い芸人の言葉を本当にその発言それ自体として一旦聞くことほど困難なことはないが、それだけが原因だとは思わない。

今現在「ジャニーズ」は、SNSが広まるよりも前から人々のもとで育まれてきた最も深刻な負の遺産を引き連れてしまっている。それは、反応はそれ自体で言葉である、という虚偽意識だ。昨日、東山紀之とジャニーズアイランドの社長である井ノ原快彦《いのはらよしひこ》とが初めて壇上に上ったた会見が終わったばかりで、インターネット上の言葉を見るのは憚《はばか》られる。人々の言葉は断片的であり、断片化され続ける。自分がいかに反応したかを示すや否や、それらの言葉は力を失っていく。「告発」でなくとも初めから「告発」するような言葉しか普段から一般には存在していない。

物事を誰か一人では終わらせることができない、という現実に直面することから、物事の清算はやっと始まる。物事を他人と協力して終わらせる方法は、中田の「提言」の中にその手掛かりがある。動画内には、彼が「エンタの神様」が、「M－1グランプリ」に比べて、あまり評価されていないのではないか、と懸念しているような箇所があった。「エンタ芸人のほうが一発屋の扱いを受ける事が多くないですか?」(一二分付近)。その懸念はお笑い芸人が語っているのだから確かに真っ当なもののはずだが、ですよ。やデッカチャンなどのピン芸人が、エピソードトークなどを通じて最近しばしば後輩芸人により語り直されているのをみるに、「一発屋」といわれる人々の次の展開もあるのだという気がする。後輩が語ることは評価をしたことには当たらない、と言えばそれまでだが、それより、「武勇伝」を、彼の現在地を彼以外の芸人が語るのは、こういう炎上騒ぎでもない限りはそうそうない、ということのほうがだいぶ重要である。

語られることとは、一旦過去のものになることでもある。過去のものとされることを「武勇伝」はずっと避けてきたようにみえる。それはそのまま仕事が減ることだからである。「武勇伝」しかできない、とは彼の芸そのものの問題ではないのだ。

誰のものにもならない個人的な「物語」が、他人によって語られ直され、各人の生き方が互いに相対化されて、そうして共同体全体が生き直し始めるとき、そこに初めて断片ではない言葉と言えるようなものが存在することになるだろう。

それが言葉でないなら人は口を噤《つぐ》むべきだ。反応によって変更を余儀なくされ、孤立化し、まさに断片化に処されつつある語りを目にした人が言うべきは、「あっちゃん、かっこいい」ではなく、物事として引き受けた上での、共感の表現ではない「あっちゃん、わかるよ」だったはずである。

これまでとこれからのこと――あとがきにかえて

しかし、共同体全体が生き直すことは、結果的にそうである以外の仕方でしかありえない。個人が自分自身の生をコントロールするにも限界がある。そもそも、個人に対し「物語」への志向を持てと、行動や感情の一つひとつを必然性あるものとしてつなぎとめ、自分自身が克服すべき課題を現実からきちんと選び取り、周りに自分の人生の決定権を握らせないようにせよなどと言ってみたところで、説教にしかならないはずだ。それこそ「権威」があれば、あるいは成功者であればまだ相手をどうにかできるのかもしれないが、およそ結果論でしかない、生きるという行為に対し根拠と責任をもって何かを言うのは難しい。

日々、情報媒体を通じてまったく関連性も重要度もばらばらな考え事をやらされる、といったようにして断片化に処される人々からは、動員につながらない、周囲からの切断方法としての私性というようなものがおそらく最もよく要請されるだろう。何らかのフィクションに、あるいは職人芸に「〜に罪はない」と人々が言う場合、そこでは切断する私性が求められているようにみえる。人々は断片化されるようにして守られて集団化する。こうなると、語られ直すという営みから人々は遠退いていくことだろう。人々の語られ直しの口火を切るものでもある批評は、これから一層肩身が狭い思いをしていくことになるだろう。

筆者はこういう時代にあって、まさに本書のようなものを出したらもう批評をやる以前に引き返せない。筆者はかつてTh・W・アドルノの著作を読んでいた。それよりも前は長らくピアノの修養時代にあった。元々、いわゆる「批評」の文脈から遠く離れて生きてきた。『批評空間』を読んだことがない。修士課程の研究から遠退いて久しい。論文を投稿することもないため、何かこれに近いことをやってみようと思い、それが皆が言うところの「批評」なのではないかと思ってやってみて、そろそろ五年ほどになる。価値というのが社会的諸力のなか、共同主観的に出来上がっていく、その根拠の不確かさについてであったり、いわゆる物象化、人間同士の関係が物同士の関係になっている現状を、こういう現実を批判するのはいかなる根拠によるもので、どういうふうにしたら可能で、そもそもこれを批判することでどういうテクストが書き上がっていくのか……など、そんなふうに考えてフランクフルト学派とその周辺のテクストを読んでいたらいつの間にか批評を書く人間になった。そもそも筆者がその辺りのテクストに出会ったのは、フランクフルト学派や批判理論と呼ばれるものが、言論環境において遅れたものとみなされるようになってから、だいぶ時間が経ってからのことだった。

おそらく、筆者は同年代の女性批評家のなかではフェミニズムから最も遠い。単純に教養形成の問題ではある。拙稿に「椎名林檎における母性の問題」というのがあるが、この「母性」という言葉ひとつとっても実のところフェミニズムの文脈にあったものではない。この論考では江藤淳『成熟と喪失』が引用されているが、江藤の仕事がフェミニズム方面に読み替えられた経緯について、きちんと確認したのは後になってからである。

それが断片化されたものなのか、代替可能なものなのか、貨幣的なものでもよいがそういうものは「〜に過ぎない（けれども）」と指し示される。サブカルチャーを批評対象とする場合は、古典やハイカルチャーへのカウンターとしての役割を果たして欲しいといって書き手が想いを込める場合は特に、「〜に過ぎない」ものへ肩入れするような定式化は避けられないが、それは、まず端的に言って対象に失礼であり、常識的なヒューマニズムから書き手が遠退いていくことさえあるし、もうハイカルチャーにかつてほどの力はないから戦略としてもそれほどうまくいかないだろう。「〜に過ぎない」ものは、何か大きく強いもの――それは上の世代なのか、「父」なのか、政治なのか、教養なのか、歴史なのか、精神なのか――そういうものの否定形でもあるだろう。何か大きく強いものへてこ入れし、解きほぐしていくことが批評と呼ばれるものの役割のひとつだと筆者は思っていた。

こういう力の落差を利用した解きほぐしをやろうと思えば、「女」、あるいはこれに近いモティーフの応用可能性を開拓することになるだろう。フェミニズムの文脈から遠い筆者は、そう考えるうちに本書の方法と題材をみつけていった。

本書の制作は、女性性の売り買いという切り口で近頃のコンテンツ消費などについて書く、という出発点から始まったものだ。今日の「売り買い」構造を可視化させ、その構造において誰かがそれと知らず傷ついたり、あるいは反対に免罪される事態があるのだとしたら、そういうものを一つずつ穿つという方向性である。本書で特に序盤に繰り返し登場する「見えない」というキーワードは、「七海なな」章にもある通り、まず第一に筆者自身の見識に原因をもつものだが構造に起因する。「前田敦子」章に登場した図式を用いるなら、システムと実存の間にある、どっちつかずなコンディションのことである。巷でよくいわれる女性性の消費の問題に該当しうるのは、その章と「Dr.ハインリッヒ」章だろう。そういう「女の話」がほとんどなく、代替可能性について比重が置かれたものが「丸サ進行」章ということになる。「愛子内親王」章は本書で登場するキーワードの総ざらいであり、「まえがき」で全体の理論的な準備段階を提示した。「まえがき」の舞台となったYouTubeという環境に戻って再度この環境に着目しつつ、男性側を対象に入れるようにした補論が「「東京の男の子」の悩み事」の章である。

「〜に過ぎない」と言われるようなものがそのまま効力をもたない状況下において、批評は、別の面立ちを人々にみせるだろう。そうなると、書き手の意識の揺らぎを、対象と出会うなかで記述していくことになるのだと思う。

批評を書くことは、書き手の側の概念を危機に晒すことでもあるのだと、本書の制作中に本書に登場する固有名詞から気付かされたものだった。

宮台真司はかつて「倫理から論理へ」というスローガンを放った。社会の「信頼」、崩れ去ったタテマエへの帰属を呼び掛けるような行いを批判し、適切な情報開示に基づいて人々が主体的に自己決定できる世界像を描き続けている。だが、実際に到来した「論理」に本当に病気になった。「「主体はなく、自動機械だけがある」とプレゼンしていた宮台が、九六年以降本当に自動機械だらけになると鬱になった（笑）」（宮台真司［聞き手・大澤聡］「共通前提が崩壊した時代に」『1990年代論』河出書房新社、二〇一七年、三〇三頁）。このインタビュー記事において宮台は、「八〇年代の二重性」があってこそ、合理性志向の主張が可能だったと反省している。その「八〇年代の二重性」は、オシャレな時代にみえて古い体育会系気質と表裏一体であった、として説明されるが、たとえばそういった二重性がない時代は「本当に自動機械だらけ」であり、そうすると処方箋としては言説が通用しなくなった、ということなのだろう。というより、そのプレゼンは実態に即した判断というより処方箋的言説だったことが露呈した、ということだ。問いを読者に投げかけることと同じくらい、スローガンや理論の提示は、到来するものへの不安の表現でもあるのかもしれない。

ＡＫＢ論壇が議論を展開させるところの、実存／システムの対立軸は、「倫理から論理へ」のスローガンの先の出来事だったと思えば興味深い。しかし、これもまた多くの人々による語られ直しを必要とする事項であろうが、ネット上の誹謗中傷と有名人の自殺との関連が深刻な社会問題のひとつである、今現在の状況に耐える対立軸であるかどうかは検討を要するだろう。倫理的な契機の過小評価が論理への移行を可能とするものではない、というのはいくら反省してもし過ぎることはない。

そう考えると、天皇的なものなどもはや立ち行かない、と主張することのほうが、実態に即しているのかはさておき、よっぽど高度なのかもしれない。もはや人に「機能」しか求められない、そういう機械的な世界でより良く生きるための方法を、ひたすら提示し続けなくてはならないからだ。いよいよ、断片化されたものにフォーカスした批評が必要なのかもしれない。しかしそれは、「物語」や公共圏の構築について語ることを自らに断念させることでもあろう。もはや批評の仕事の範疇にはないのかもしれない。

偶然、話題になっていた読切漫画『東京最低最悪最高！』（鳥トマト・作）を読んだ。東京在住のフリーランスのデザイナーが、厳しい家父長制のしかれた地元・福岡に、東京出身の婚約者を連れて結婚の挨拶をしに帰郷する話だ。人物設定や、東京と地方を対立させるような描写や、登場人物たちのセリフに至るまで、徹底して類型的なものだけで構成されている。「東京は生きてるだけで無限に金がかかる」「この家では本を読むことは、人生をサボること」等々。ここには、作中世界においても現実世界における読まれ方においても、「機能」しないものがひとつもない。徹底的に「刺さる」モティーフだけで構築された世界像に、思わず感服してしまい、同時に、こういう場合どうやって書き手の側の概念を危機にさらせばよいのか、わからないと思った。しかし筆者は、SNSに散らばった、この漫画に対するどちらかと言えばネガティブなものが多い、反応の数々をみて、貨幣的という言葉を提示しておいて良かったとも思った。

おそらく、貨幣的なものとは、人々の願いや主観をそのまま反映させてはいるけれども人々が転覆してほしいと思うものを転覆してくれないもののことだ。貨幣的なものは、特定の様式や気分によっては定義付けられず、しばしば人々はそれを露悪的なものとみなすだろう。論争喚起的にみえはするが、批判性をほとんど伴わないキッチュのことでもあるだろうし、美的領域が現実以上のものとして仮象をまとっていないと気を悪くする、そういう多くの類型のカルチャー愛好家が、批判する対象にもなることだろう。視点の定まらない、作家個人の「主観」の弱い代わりに、無名の人々の集合的な主観によって支えられた傀儡のようなもの、たくさんの主観のつぎはぎであるがために、難点をあげつらいやすいようなもののことだろう。

人々の多くはきっと貨幣的なものに我慢がならない。自分の信念の仮託を、自分の姿鏡として機能することを、貨幣はやってくれない。なるだけたくさんの人を相手取らなくてはならないからだ（しかし、今までだって、作品というのはそういうものだったはずだ）。

人々は、いちいち本気になりたいわけでもあるまいが、安心したいのである。貨幣はショック作用を提供することすらままならず（審美領域においてショックを受けることは、これもひとつの立派な美的体験である）、それゆえ人々を安心させない。こういう貨幣を訝しく思うのは、例えば、ハイカルチャーに造詣の深い文化的エリートや、歴年のカルチャー愛好家や、ある特定の人に特化した熱心なファンといったようなエキスパートたちである。批評家もまたエキスパート類型の一部をなすが、彼らが真に仕事をするのは、対象を受け入れられなかったときの身ぶりを人々に示したときくらいだろう。名もなき人々のアレルギー反応にせいぜい負けないようにしなくてはなるまい。

そして、筆者もまた、批評家という一種の類型に身を落としたがために、貨幣的な創作物のことを心の底から愛することはできない。せめて、心の底から愛せないことを受け入れられないと批評が書けない。貨幣的なものは批評に夢を見させない。

貨幣的なものは、その欲望の責任を絶えずエンドユーザーに押し付けるかのように用意周到にマーケティングによって、あるいは、AIで制作されていくことになるかもしれない。これはもちろん極端な言い方であって、実際の現場でエンタメ産業に従事する者のほうが、ある一人のクリエイターの特権的な、昔ながらの職人的なこだわりに触れることが多いだろうから、貨幣的と言われてピンとくる人はそう多くないだろう。実際、「文化」に遠くないところで働く昼間の筆者は、こうして夜に紡がれる筆者自身の考えにそう簡単には頷かない。そして、もちろん受容する側のほうもすっかり作家信仰に染まっていれば貨幣がみえない。

これから批評にできる仕事は、夢を見させてくれないものに、やはりまた夢を見ないということなのではないかと思うようになった。そうやって記述すると随分バカバカしいが、そういう、最初から何もしなかったのと変わりないものとなりうる行いに、接近する言説をつくることでもあるだろう。

おそらく最も困難なことは、あなたにだったら騙されてもよい、というようにして対象を信じることだ。あなたにならすげなく突っぱねられたいと心の底から信じてみることだ。批評は何かに対する、直接的か非直接的かは異なっても、信仰告白ではなかっただろうか。

最後に謝辞を。本書は編集者の藤岡美玲氏にお声がけいただいたことがきっかけで制作が始まった。初めての単著制作で、右も左もわからない筆者がなんとか執筆し続けられたのは一重に藤岡氏のおかげである。一番初めにお声がけいただいて書いた原稿は、ｗｅｂちくまのリレー連載「昨日、なに読んだ?」での「ツイッターをやめたくなったとき背中を押してくれる本」だったが、今やツイッターという呼称もなくなり、利用者全員に料金が課せられるようになる、という報道が出てきた。筆者は感慨にふけっているところだ。

ところで、本書のタイトルが決定に至るまで、紆余曲折があった。本書の元となった連載のタイトルは「愛のある批評」だったが、後から知ったことで、そしてあまり事情に明るくないのだが、「愛のある」というのはファンが書き手や共同制作者を評する際に用いる定型表現らしい。実際、「愛のある」と形容することに、どういう意味が込められているかはその界隈に属さない限りはわからないのだろうと思う。もちろん、そういう深くコミットしなくてはわからない諸々というのは貴重であるし、豊かな人生を生きるのにつながることを筆者は否定しないし、否定したくない。ただ、批評やジャーナリズムは、愛があるかどうかでは動いていない。その対象がどれほどメジャーで古典的なものであっても、何か「見えない」もののために働くのだと思う。それで結局本書のタイトルとしては「女は見えない」を採用する運びとなった。それと、その「愛のある」という形容詞が、再三再四「見えない」何かを生み出すのであれば一旦棄却したいとも思った。それと、批評家は逐一まとわりつく無害化の作用を、うまいことかわさなくてはならない。
ましてや、これからの「女の話」なら。

本書は、

「Webちくま」の連載「愛のある批評」（二〇二二年一〇月―二〇二三年三月）を

加筆修正のうえ、書籍化しました。

「「貨幣」と「娼婦」の話――まえがきにかえて」「補論「東京の男の子」の悩み事」

「これまでとこれからのこと――あとがきにかえて」は書き下ろしです。

西村紗知《にしむら・さち》
一九九〇年、鳥取県生まれ。
東京学芸大学教育学部芸術スポーツ文化課程音楽専攻(ピアノ)卒業。
東京藝術大学大学院美術研究科芸術学専攻(美学)修了。
「椎名林檎における母性の問題」(「すばる」二〇二一年二月号)で
「すばるクリティーク賞」を受賞した。
本書がはじめての著作となる。

女《おんな》は見《み》えない

二〇二三年一一月三〇日　初版第一刷発行

著者　西村紗知
発行者　喜入冬子
発行所　株式会社筑摩書房
〒一一一-八七五五　東京都台東区蔵前二-五-三
電話番号〇三-五六八七-二六〇一（代表）
印刷・製本　中央精版印刷株式会社

ISBN978-4-480-81693-1 C0095